创意写作书系

与逝者协商

布克奖得主
玛格丽特·阿特伍德谈写作

[加] 玛格丽特·阿特伍德◎著
(Margaret Atwood)

赵俊海　李成文◎译

Negotiating with the Dead
A Writer on Writing

中国人民大学出版社
·北　京·

“创意写作书系”顾问委员会

序

作家究竟扮演何种角色？预言家，艺术祭司，宫廷弄臣，抑或是现实世界的见证者？玛格丽特·阿特伍德（Margaret Atwood）追忆童年岁月及其写作事业的发展历程，探究小说作家和诗人用来解释或者为他们的写作活动找到理由的种种比喻，审视作家们为自己量身定做的戏服和为自己精挑细选的演出角色。玛格丽特在最后一章回答了本书标题蕴含的挑战：如果认为一个作家“天资聪颖”，那么是谁赋予了他这种天资？需要什么样的条件？

玛格丽特·阿特伍德引经据典，兼收并蓄，以在世和已故作家的创作经历为鉴，同时以自身在加拿大和国际文坛创作生涯中的逸闻趣事现身说法，两者相得益彰。玛格丽特以轻松的笔调彰显她对写作目的和写作乐趣的严谨态度，以及对西方文学的迷思及传统深刻的洞察力。

玛格丽特·阿特伍德 1939 年出生于渥太华（Ottawa），成长于北魁北克（Quebec）、安大略（Ontario）和多伦多（Toronto），先后在多伦多大学的维多利亚学院和拉德克利夫学院获得学士学位和硕士学位。

在 30 多年的创作生涯中，玛格丽特·阿特伍德获得了无数的奖项和荣誉学位。她创作的诗集、小说和纪实文学作品超过 25 部，其

玛格丽特·阿特伍德作品目录

小说：

《可以吃的女人》（*The Edible Woman*，1969）

《浮现》（*Surfacing*，1972）

《神谕女士》（*Lady Oracle*，1976）

《跳舞女郎》（*Dancing Girls*，1977）

《人类以前的生活》（*Life Before Man*，1979）

《肉体伤害》（*Bodily Harm*，1981）

《黑暗中的谋杀》（*Murder in the Dark*，1983）

《蓝胡子的蛋》（*Bluebeard's Egg*，1983）

《使女的故事》（*The Handmaid's Tale*，1985）

《猫眼》（*Cat's Eye*，1988）

《荒野指南》（*Wilderness Tips*，1991）

《好骨头》（*Good Bones*，1992）

《强盗新娘》（*The Robber Bride*，1993）

《别名格雷斯》（*Alias Grace*，1996）

《盲刺客》（*The Blind Assassin*，2000）

童书：

《在树上》（*Up in the Tree*，1978）

《安娜的宠物》［*Anna's Pet*，1980，与乔伊斯·巴克豪斯（Joyce

Barkhouse）合著]

《给鸟儿》（*For the Birds*，1990）

《普鲁内拉公主与紫花生》（*Princess Prunella and the Purple Peanut*，1995）

散文：

《幸存：加拿大文学主题指南》（*Survival：A Thematic Guide to Canadian Literature*，1972）

《反抗者的岁月 1815—1840》（*Days of the Rebels 1815－1840*，1977）

《第二位的话：散文评论选集》（*Second Words：Selected Critical Prose*，1982）

《奇景：加拿大文学中的严酷北方》（*Strange Things：The Malevolent North in Canadian Literature*，1996）

《两个问题：对话》［*Two Solicitudes：Conversations*，1998，与维克多-勒维·比利（Victor-Lévy Beaulieu）合著］

诗集：

《双面珀尔塞福涅》（*Double Persephone*，1961）

《圆圈游戏》（*The Circle Game*，1966）

《彼国的动物》（*The Animals in That Country*，1968）

《苏珊娜·穆迪的日记》（*The Journals of Susanna Moodie*，1970）

《地下历程》（*Procedures for Underground*，1970）

《权力政治》（*Power Politics*，1971）

《你是快乐的》（*You are Happy*，1974）

《诗选》（*Selected Poems*，1976）

《双头诗》（*Two-Headed Poems*，1978）

《真实的故事》(*True Stories*, 1981)

《不见月亮的时候》(*Interlunar*, 1984)

《诗选 2：新旧诗选 1976—1986》(*Selected Poems II : Poems Selected and New 1976 - 1986*, 1986)

《被焚毁屋子里的早晨》(*Morning in the Burned House*, 1995)

等大家都就座后，有位客人提议每人讲一个故事。然后，新郎对新娘说："到你了，亲爱的，你总该讲点什么吧？别人都讲了，你也给我们讲点什么呀！"新娘说："那我就来说一个梦吧。"

——格林兄弟（Brothers Grimm）：《强盗新郎》①

……要知道，
故事得照讲，管它好与坏，
要不然，就是对我的材料掺假。
所以如有哪一位不爱听的话，
尽可把书翻过去另选个故事……

——杰佛里·乔叟（Geoffrey Chaucer）：《坎特伯雷故事集》②

此刻，凭借想象，他登上了
另一个星球，更清楚地
以单镜头视野观看这个地球——
它完整的疆域，那每一声富于灵感的滴答，
它的言谈，它的把戏，它的无踪无迹——这一切，
这一切他都想写进书里！

——A. M. 克莱因（A. M. Klein）：《风景画一样的诗人肖像》③

---

① 《强盗新郎》（*The Robber Bridegroom*）可在任何标准版的《格林童话故事》中找到。此处英译出自本书作者。在这段摘录中，女主角假借说梦讲述了一个真实的故事。——译者注

特别说明，本书除注明"译者注"以外的脚注均为原著的注释。原著采用尾注方式，为便于读者查阅，本书统一采用脚注方式。

② CHAUCER G. The millers prologue, from The canterbury tales, lines 3173－3177 // ROBINSON F N. The works of geoffrey chaucer. London: Oxford University Press, 1957. 这里作者是在建议读者，如果不喜欢这个故事，可以去读别的东西。——译者注

③ KLEIN A M. Portrait of the poet as landscape // The Rocking Chair and Other Poems. Toronto: Ryerson Press, 1966: 55.

献给其他人

目录

引言：踏入迷宫

命名是人类重要而庄严的慰藉。

——埃利亚斯·卡内蒂（Elias Canetti）：《苍蝇的痛苦》[①]

我百思不得其解，到底是什么驱使一个心智健全的人舍弃安逸的生活，穷其一生去描述不存在的人物。如果说这是儿童的游戏，是一种假想——有人常常从谈写作技巧的人那里得到这种保证——该如何解释一些人一门心思只想写作，还把写作当成一项合理的职业，就像把骑单车上阿尔卑斯山当成职业一样合理？

——梅维斯·迦兰（Mavis Gallant）：《小说选集》序[②]

自己置身洞里，在洞的底上，完全孤身一人，发现只有写作能拯救你。全然不知一本书要写什么主题，没有丝毫的想法，就是发现自己又一次要去面对一本书。一种巨大的空虚。一本可能的书。面对虚无，面对某种类似生活的东西，赤裸的写作像某种必须克服的可怕的东西。

——玛格丽特·杜拉斯（Marguerite Duras）：《写作》[③]

20世纪60年代初，那时我还是个学习英国文学的学生，《复义七型》[④]（1930）是我们必读的重要文学批评教材。这本博大精深的教材令人叹为观止，而它的作者是年仅23岁的威廉·燕卜荪（Wil-

---

① CANETTI E. The agony of flies. New York: Farrar, Straus, and Giroux, 1994: 13.

② GALLANT M. Preface, Selected stories. Toronto: McClelland and Stewart, 1996: x.

③ DURAS M, POLIZZOTTI M. Writing. Cambridge, MA: Lumen Editions, 1993: 7.

④ 英文书名为 *Seven Types of Ambiguity*，国内有两种常见译法：《复义七型》和《朦胧的七种类型》，该书是第一部将语义学中的"复义"问题专门提出来进行研究的著作。"ambiguity"指言语中的"歧义""含混"或"模棱两可"，因此翻译为《歧义的七种类型》似乎更易于理解。——译者注

liam Empson)。[1] 令人惊愕不已的是，他在饱尝写作的痛苦之际却被剑桥大学逐出校门，理由竟是在他的宿舍里发现了避孕用品。

我们都受限于自己所生活的时代，用这句话来评论再合适不过了——不是像琥珀里的苍蝇那般坚硬而透明，倒更像是掉进糖罐里的老鼠。在今天看来，如果威廉·燕卜荪的宿舍里没有避孕用品，他倒真该被逐出校门了。那个 23 岁的威廉·燕卜荪应该是一个天资聪颖、做事周到、精力旺盛的年轻人，而且不会因为遭受挫折而轻易放弃。所以，2000 年剑桥大学邀请我去给学者、学生和普通听众做总共六场的“燕卜荪讲座”[2] 时，我欣然答应。

抑或说，刚刚接到邀请的时候，我的确是欣然应允的——我还有两年时间来准备，感觉这是一份轻松而愉悦的工作——但当讲座的日期日益临近，我却越发没那股欣喜劲了。

大体上，讲座的主题跟写作或者如何成为作家有关。由于我有写作的经历而且已经是个作家，想来我应该有发言权。我原本也是这么认为的，我雄心勃勃，想要描摹出作家长久以来为自己建构的自画像——也可以说是描述一下作家的工作。我不打算采用过于专业的手法来进行，除非确有必要；也不会使用那些晦涩难懂的引证。我打算以一个过来人的身份把自己经历过的酸甜苦辣和感悟进行现身说法，为讲座增加一份“亲和力”，亨利·詹姆斯（Henry James）笔下那些欺世盗名的记者们一贯如此。我还要用一种生动而新颖的方式把写作

---

① 威廉·燕卜荪（1906—1984），英国著名文学批评家、诗人。燕卜荪是他为自己起的中文名。20 世纪 30 年代，燕卜荪曾先后在北京大学和西南联合大学任教，主讲英国文学。他讲授的英国当代诗歌对中国 20 世纪 40 年代现代主义在昆明的兴起产生了巨大影响。——译者注

② 燕卜荪讲座是以杰出学者兼文学评论家威廉·燕卜荪爵士的名字命名的系列讲座。该系列讲座由剑桥大学设立，由剑桥大学英语系和剑桥大学出版社联合资助，其初衷是探讨文学和文化领域中引人注目的话题。该系列讲座为国际知名的作家和学者搭建了独特的舞台，使他们以易于理解的方式探究文学和文化领域中广泛的话题。

这件事讲个清楚明了。

然而，事与愿违。随着时间一天天流逝，原先那宏大又朦胧的构想烟消云散，头脑中只剩下令人颓然的空白。这种感觉就像一个年轻作家置身于一座宏伟的图书馆，环顾周围成千上万的藏书，怀疑自己是否有能力往里面增加点有价值的东西。

想得越多，情况就越糟糕。写作本身就够麻烦的了，要谈论如何写作更是雪上加霜，甚至是吃力不讨好的差事。我甚至找不到小说写作的惯常理由，比如小说写作只是编造人物和情节，不能用真凭实据这样的标准来检验之。也许听众和接下来的读者——你姑且自大地认为会有读者来读你的讲稿——想听听文学理论，或者抽象的写作计划，或者高调的宣言，于是你打开理论和宣言的抽屉，里面却空空如也。至少我有过这样的经历。下一步怎么办？

后来我加班加点、搜肠刮肚慌忙赶工的故事，暂且不表，总之和往常一样，我又跟不上进度了。而更大的麻烦是，在马德里，我之前以为可以在书店的英语书架上找得到的几本书居然没有（颇为尴尬的是，我自己的作品也没有）。尽管遭遇了这些困难，讲稿还是凑合着完成，如期发表了。讲稿的某些部分是草草完成的，难免会牺牲深邃的思想和几十年艰苦的求索，希望能逃过诸君法眼。

本书的内容源于那六场讲座。这本书讨论写作，但不涉及写作的具体方法，也不谈我自己的写作，更不涉及特定的个人、特定的年龄或特定国家的写作。怎么来描述这本书呢？不妨说这本书关注的是作家所处的立场，或者是本书作者那不同于别人的立场。这本书是一个在文字的矿洞里苦心挖刨了近 40 年的人——无独有偶，我也这么干了 40 年——终于在某天半夜醒来，想不通自己这么多年都在干什么，第二天起床后大彻大悟，而写下的一本书。

她这些年究竟在忙活什么，究竟是为什么，又是为了谁？写作到底是什么，是一种人类的活动还是一种职业，是一种专业还是一份码砖块的工作，抑或是一门艺术？为何有那么多的人痴迷于写作？写作与绘画、作曲、歌唱、舞蹈或表演有何不同？从事写作的人如何评价自己的写作活动，如何看待他们与写作的关系？他们的看法对我们有用吗？过去这些年，作家对他们本身的看法是否发生了改变？说起**作家**这个词的时候，我们究竟想表达何种含义？在我们的心目中，他们究竟是一种什么样的人？作家是不是雪莱（Shelley）所宣称的得不到承认的人类世界的立法者[①]？还是卡莱尔（Carlyle）笔下冥顽不化的“巨人”？抑或是当代传记作家津津乐道的一类情绪无常、手无缚鸡之力的窝囊废？

或许是我想给涉世未深的年轻人提个醒。我谈论这些话题，不仅是因为在我刚开始写作的时候深受这些问题的困扰，而且是因为，从很多人的提问可以看出他们至今仍然被这些问题所困扰。也许人到了我这个年纪，经历的事情多了，就有点好为人师，总以为自己摸爬滚打的经验对别人也有参考价值。也许我想说的是：**看看你身后，还有那么多人在追赶。不要被伏击，小心路上的蛇。不要随波逐流，潮流不一定是好东西。杀死济慈（Keats）的并不是哪篇负面的书评。从哪里跌倒，就从哪里爬起来。**这类送给那些天真的朝觐者的建议虽然听起来不错，但实际上毫无用处：危险随时间的推移成倍增加，你不可能两次踏入同一条河流，空白的页面实在令人沮丧。在这座迷宫里，所有人都是蒙着眼睛在乱闯。

我就从标准的免责声明开始吧：我是一个作家，也是一个读者，仅此而已。我不是什么学问家，也不是文学理论家。本书包含的理论概念都是作家的写作方法使然，就好比寒鸦筑巢：我们把捡来的闪亮

① SHELLEY P B. “A defense of poetry”（1821）//POWERS S B. Shelley’s poetry and prose：authoritative texts，criticism. New York：Norton，1977.

片段构筑进自己胡乱搭建的框架里。

在诗人詹姆斯·雷尼（James Reaney）早期的一部短篇小说中，叙述者看着他的妹妹边给母鸡喂食、边把鸡饲料的单词拼读出来。叙述者说："我总纳闷，她是在给天上的什么人写信。"① 伊恩·麦克尤恩（Ian McEwan）② 的短篇小说《一头宠猿的遐思》（*Reflections of a Kept Ape*）中的叙述者——那只猿猴，也看着作家写作。它思考的不是潜在的读者，而是潜在的动机，只是它做出的结论不那么令人振奋。"难道从事艺术创作就是人希望使自己看起来很忙吗?"它不解。"作家是不是因为害怕沉默、害怕无聊才写作的，那么打字机反复的敲击声就能使他们不再沉默、不再无聊了吗?"③

"我好奇，这些想法都是从何而来的?"34岁的里纳（Reena）自问道。她从6岁开始写作，又把写好的东西通通扔进垃圾桶，但她现在觉得自己已经差不多准备好了，可以动手写作了。④

作家最常被问到三个问题，提问的人包括读者和作家自己：**为谁而写作？为什么要写？何从写起？**

写了这么多，我开始思索其中一个问题——写作动机——的答案应包含哪些要点。有些答案听起来可能不太严肃，但这些答案都是真实的，促使作家写作的动力完全可能同时是其中的几个，甚至是全

---

① REANEY J. The Bully//WEAVER R，ATWOOD M. The oxford book of canadian short stories in english. Toronto：Oxford University Press Canada，1986：153.

② 伊恩·麦克尤恩（1948— ），英国文坛当前最具影响力的作家之一。伊恩·麦克尤恩性格刚毅，思维敏捷，具有孜孜不倦的求索精神。他擅长以细腻、犀利而又疏冷的文笔勾绘现代人内在的种种不安和恐惧，积极探讨暴力、死亡、爱欲和善恶的问题。作品多为短篇小说，内容大都离奇古怪、荒诞不经，有"黑色喜剧"之称。代表作有《爱无可忍》《床笫之间》《阿姆斯特丹》等。1998年获布克奖。——译者注

③ MCEWAN I. Reflections of a kept ape//In Between the Sheets. London：Jonathan Cape，1978：438.

④ 里纳是本书作者的一个熟人。

部。这些答案引自作家们的原话，包括信息源不是很可靠的报纸访谈和作家的自传，也有现场谈话实录，比如作家在书店一角进行昏天黑地的集体签售活动前的谈话，或者是在作家经常光顾的廉价汉堡快餐店和小吃店的聊天记录；还有在宴请知名作家招待会的僻静角落作家们的谈话；此外还有小说中虚构的作家的言论——当然这些话是作家写的——只是这些人物有时被伪装成画家、作曲家或其他艺术家。下面就是关于写作动机的清单：

写作的动机是如实地记录现实世界。写作是为了在彻底遗忘前把往事留住。写作是为了挖掘被遗忘的过去。写作是为了满足我的复仇欲。因为我知道，如果我不坚持写作，我就会死。因为写作就是冒险，只有冒这个险才能证明我们还活着。写作是为了在无序中建立秩序。写作是为了愉悦和启迪他人（从 20 世纪初开始好像就没有这种说法了，或者不会以这种形式来说）。写作是为了愉悦自己。写作是为了表达自己。写作是为了漂漂亮亮地表达自己。写作是为了创作完美的艺术品。写作是为了惩恶扬善；或者，套用站在萨德侯爵(Marquisde Sade)[①] 那一边的讽刺说法——反之亦然。写作是为了反映自然。写作是为了反映内容给读者。写作是为了描摹世间百态和人间疾苦。写作是为了表现芸芸众生未能表现的生活。写作是为了给没有名字的东西命名。写作是为了捍卫人的精神、捍卫人的人格和荣誉。写作是为了鄙视死亡。写作是为了挣钱给我的孩子买鞋穿。写作是为了赚钱，这样我就可以对曾经嘲笑我的人以牙还牙。写作是为了曝光那些乌龟王八蛋。人之所以为人，是因为他会创作。因为创作是神圣的。因为我讨厌安稳的工作。写作是为了说出一个新词。写作是

① 萨德侯爵，全名多拿尚·阿勒冯瑟·冯索瓦·德·萨德，别名 Marquis de Sade，法国著名的情色作家。其作品不仅涉及色情题材，而且宣扬性暴力和性虐待以及违反伦常的哲学。——译者注

为了创造以前没有的东西。写作是为了塑造国民意识，或者国民良知。写作是为我糟糕的学业辩解。写作可以为我的自我观和生活观辩解，因为如果我不真正写点东西就不可能成为“作家”。写作是为了让自己比现实生活中的样子看起来更有趣。写作是为了让漂亮的姑娘爱上我。写作是为了讨得任何女人的欢心。写作是为了吸引英俊男子的注意。写作是为了把我悲惨童年中的不完美一笔勾销。写作是为了跟我父母作对。写作是为了构思令人陶醉的故事。写作是为了愉悦读者。写作是为了愉悦自己。写作是为了打发时间，虽然不写作时间照样会流逝。写作是因为痴迷于文字的魅力。写作是为了滔滔不绝地写下去。因为有股外力在驱使着我（写作）。因为我走火入魔了。因为天使给我发了指示。因为我坠入缪斯女神的怀抱了。因为缪斯让我怀上了这本书，我得把它“生”出来（真是有意思的扮装游戏啊，17世纪的男作家最爱这么说）。因为我孕育的是书而不是孩子（好几个20世纪的女性作家是这么说的）。写作是为了侍奉艺术。写作是为了服务于集体无意识。写作是为了服务于历史。写作是为上帝对待凡人的方式辩护。写作是为了发泄在现实生活中会受到惩罚的反社会行为。写作是为了掌握一门手艺，这样就可以产出文本（这是最近的说法）。写作是为了推翻陈规旧制。写作是为了证明现存的一切都是正确的。写作是为了实验新的感知形式。写作是为了给读者创造一个娱乐的私密空间（翻译自捷克的一份报纸）。写作是因为我被故事加持而无法脱身（古代水手的理由）。写作是为了理解读者和理解自我。写作是为了排解我的抑郁。写作是为了我的孩子。写作是为了死后留名。写作是为了守卫少数派或受压迫阶级。写作是为那些没有发言权的人发言。写作是为了揭示骇人听闻的错误和罪行。写作是为了记录我所生活的时代。写作是为了记录我得以幸存的恐怖事件。写作是为死者代言。写作是为了颂扬错综复杂的生命。写作是为了歌咏天地万物。写作是为希望和救赎寻求可能。写作是为了回报我所获得的赠予。

显然，那种企图一网打尽写作的普遍动机的想法是徒劳的：所谓必不可少的条件（就是那种缺了此条件便不能写作的条件）是不存在的。梅维斯·迦兰在她的《小说选集》的序言中更为简短而精确地列举了作家的创作动机。从认为写作是他唯一长处的萨缪尔·贝克特(Samuel Beckett)[①] 的写作动机开始；最后是波兰诗人亚历山大·瓦特（Aleksander Wat）的写作动机，他曾告诉梅维斯·迦兰，写作的动机就像那个骆驼和贝都因人[②]的故事：最终，还是骆驼占了上风。迦兰评论说："写作的生活也是如此，要像骆驼一样持之以恒。"[③]

既然找不到写作的动机，我就换了个法子：不再纠缠作家们为什么写作，而是弄明白写作是什么感觉。具体而言，我想弄清楚小说家们在全神贯注于一部小说时是什么感觉。

他们都没在意我说的"全神贯注"是什么意思。有位作家说感觉自己就像进入了迷宫，不知道里面会有什么妖魔鬼怪；另一位作家说感觉是在隧道里摸索前进。有作家感觉自己是在洞穴里，可以看见洞口的光亮，但自己被黑暗包围。有的作家感觉自己在水底下——在湖底或海底。有的作家感觉置身于完全黑暗的房间，在里面独自摸索；她得在黑暗中重新布置家具，等家具被重新布置好，灯光就会亮起。有的作家感觉是在黎明或黄昏时分在一条很深的河里蹚水而过。有的作家感觉身处一个空荡荡的房间，但听到很多未说出的字词，还有人

---

① 萨缪尔·贝克特（1906—1989），爱尔兰剧作家，1969 年获诺贝尔文学奖。——译者注

② 也称贝督因人，以氏族部落为基本单位，以游牧生活为主的阿拉伯人，主要分布在西亚和北非广阔的沙漠和荒原地带。"贝都因"为阿拉伯语音译，意为荒原上的游牧民、逐水草而居的人，是阿拉伯民族的一部分。——译者注

③ GALLANT. Preface，Selected stories：ix.

在低声耳语。有的作家感觉是在和一个看不见的人或东西搏斗。有的作家感觉是在表演或电影开场前坐在一个空荡荡的剧院里，等待演员登场。

但丁（Dante）的《神曲》（*Divine Comedy*）这部既是诗歌又是记录这首诗的创作过程的作品，开篇就描写诗人发现自己夜晚身处一片漆黑杂乱的树林，迷了路，然后太阳开始升起。弗吉尼亚·伍尔夫（Virginia Woolf）说写一部小说就像提着灯笼穿过一间漆黑的屋子，光线把原本就在屋子里的东西照亮了。玛格丽特·劳伦斯（Margaret Laurence）和别的一些作家曾说，写作就像雅各布（Jacob）在夜里和天使扭打，伤痛、命名和祝福都一起发生了。

障碍、朦胧、空虚、迷失、昏暗、漆黑，时常伴随着一番抗争、一条路径或一段旅途，看不到前进的道路，但又感觉前面有路，感觉往前走这个行动最终会让你看到光明，这些是很多描述写作过程的人感同身受的东西。这让我想起了40年前一个学医的学生向我形容人体内部的情形时说的话："里面一片漆黑。"

那么，写作免不了要与黑暗打交道，要有一种闯进黑暗的欲望或者冲动，如果够走运的话，说不定能够照亮黑暗，让一些东西见到光明。本书说的就是那种黑暗，以及那种欲望。

开篇

本书发端于那六场系列讲座，针对不同背景的听众：有年轻的也有不太年轻的，有男的也有女的，有文学专业人士也有学生，还有一般读者，但讲座的主要对象还是资历尚浅或年纪比我小的作家们。在将讲座语言转换成书面文字的过程中，我力求保留原有的口语风格，不过我还是删除了其中一些老套的俏皮话。听过讲座的人可能会看出我对材料出现的位置做了调整，对有些段落做了扩充和澄清（希望如我所愿）。然而，比较凌乱的文献引证是我的思维方式使然，虽然下了很大的功夫把它做好，但效果仍不大理想。这种古怪的爱好和判断方式是我个人造成的。

本书的形式保留了讲座的风格，因此各章之间没有逻辑严密的先后关系。虽然整本书围绕的是几个共同的主题，比如作家、作家的媒介和作家的艺术，但前一章和后一章之间不一定有直接的关联。

第一章更多是自传性的，也表明本书的参考范围，这两方面是相互联系的，因为作家通常要在阅读和创作的初期形成自己的话语体系。第二章讲述后浪漫主义作家的双重意识，我认为我们仍然深受浪漫主义运动的影响，或者多少仍受其影响。第三章探讨作家是该侍奉艺术还是追逐商业利益，任何一个把自己当作艺术家的作家都避不开这对矛盾。第四章讨论作家是社会和政治权力中的幻术师、工匠和参与者。第五章探讨作家、作品和读者之间永恒的三角关系。第六章，也是最后一章，讲述叙事的漫漫长路及其黑暗曲折的过程。

概而论之，本书力图求解困扰许多作家的矛盾，既包括我认识的如加利福尼亚人所说的生活在此凡尘俗世的作家，也包括通过阅读他们的作品而认识的作家。写作要克服种种困难与掣肘，在本书中我要谈到的就是其中一些。

我要感谢卡莱尔报告厅（Clare Hall）热情好客的东道主吉莉恩·比尔（Gillian Beer）女士和她的先生约翰·比尔（John Beer）博

士，他们让我在剑桥度过了非常愉快的时光。感谢克莱尔·道顿（Claire Daunton）对我此行的周到安排。感谢萨莉·布谢尔（Sally Bushell）博士带我熟悉熟悉环境，感谢英语系的伊恩·唐纳森（Ian Donaldson）教授和夫人格拉齐亚·冈恩（Grazia Gunn）陪我度过了一个温馨快乐的夜晚。始终不能让我忘怀的还有杰曼·格里尔（Germaine Greer）博士，感谢她的原则、勇气和诙谐幽默。毫无疑问，我必须对桑德拉·宾利（Xandra Bingley）致以诚挚的谢意。

感谢剑桥大学出版社劳苦功高的编辑萨拉·斯坦顿（Sarah Stanton）、技术编辑玛格丽特·贝里尔（Margaret Berrill）、索引编辑瓦莱丽·埃利斯顿（Valerie Elliston）和学术出版主任安德鲁·布朗（Andrew Brown）。

感谢我的经纪人——在伦敦柯提斯·布朗（Curtis Brown）出版公司工作的维维恩·舒斯特（Vivienne Schuster）；感谢尤安·桑尼克罗夫特（Euan Thorneycroft）一如既往的大力支持；感谢其他几位经纪人，菲比·拉莫尔（Phoebe Larmore）和黛安娜·麦凯（Diana MacKay），他们虽然没有直接参与这本书的出版事务，但时时处处关心牵挂着我，以防我做出危险举动。感谢多伦多的人们，以及我曾经的和今后的助理——勇于担当的萨拉·库珀（Sarah Cooper）和珍妮弗·奥斯蒂（Jennifer Osti）；感谢萨拉·韦伯斯特（Sarah Webster），他不辞辛劳地帮助我完善本书的研究和注释。感谢埃德娜·斯莱特（Edna Slater）让我留意到了第一章引用的厄尔·伯尼（Earle Birney）1948年的那篇文章。此外，必须感谢玛莎·巴特菲尔德（Martha Butterfield）让我想到了第五章的“棕色猫头鹰”部分的内容。

最后，感谢我的家人——我的儿子马特（Matt）和格雷（Grae），感谢他们这么多年来跟我这个“邪恶”的继母相处的风度和技巧；感谢女儿杰丝·吉布森（Jess Gibson），一个热心的读者，总是毫不畏惧地投身于阅读刚刚出版、布满荆棘的新书；感谢格雷姆·吉布森（Graeme Gibson）这么多年对我的爱，给予我的支持和陪伴。正是这些让我在风雨飘摇的艺术殿堂里坚持走了下来。

感谢我的老师们，包括那些不经意领受教益的老师们，我始终如一地感恩你们。

第一章 定位：你以为你是谁?

何谓“作家”，我又是如何成为作家的？

……一个殖民地是没有超越常规的精神力量的，并且……它缺乏这种力量，因为它不够自信……它为自身设定的完美之地不合时宜，超越了它的边界，凭借自身的能力是不可能实现的……一种伟大的艺术是艺术家及观众共同拥有那份热烈而又独特的兴趣使然，这是一种源于他们对自己所处国家的生活的兴趣。

——E. K. 布朗（E. K. Brown）：《加拿大文学的问题》[1]

……假如要举办一场奖金多到足够吸引500名诗人参加的诗歌大赛……你可能会有这样的感觉，把这些人加起来，差不多就可以得出能够代表加拿大诗人的水平了。等你把这500首诗通通读完，你会发现大概只有3个人还算够格，我的意思是只有这3个人懂得如何进行专业的诗歌创作……除这3个人以外，大约有200首诗韵律流畅，但骨子里毫无诗意可言，余下的300首诗连韵律都是蹩脚的……在这几百首毫无章法的诗歌中，夹杂着几首看似精彩，实则荒诞不经、令人毛骨悚然的诗作，诗的作者是几个疯子……这一结果令人沮丧，因为它表明我们这个国家的草根诗人、诗歌读者以及对诗歌还有点悟性的市民的文学水平是何等不尽人意。

——詹姆斯·雷尼（James Reaney）：《加拿大诗人的困境》[2]

---

① BROWN E K. The problem of a Canadian literature//SMITH A J M. Masks of fiction：Canadian critics on Canadian prose. Toronto：McClelland and Stewart，1961：47.

② REANEY J. The Canadian poet's predicament//SMITH A J M. Masks of poetry：Canadian critics on Canadian verse. Toronto：McClelland and Stewart，1962：115.

加拿大诗人可以参考本国语言（当然，还有别的语言）的所有典范，但缺乏与之一较高下的能力。

——米尔顿·威尔逊（Milton Wilson）：《别的加拿大人及其后来者》①

感觉我除了当一个作家外还要当一个读者。我买了一个笔记本，尝试着去写——我确实写了——像模像样地写了几页后写不下去了，不得不把它们撕下来，气急败坏地把它们揉成一团扔进了垃圾桶。我一遍又一遍地重复着相同的动作，最后笔记本只剩下了封面。然后，我再买一本新的，从头再来一遍相同的过程。经历同样的循环——激动和绝望，激动和绝望。

——艾丽斯·芒罗（Alice Munro）②：《科尔特斯岛》③

写作，作家，写作生活——但愿写作与生活不自相矛盾。关于写作，是不是有点像多头蛇（Hydra）④，你刚毁掉一个借口，又长出了另外两个？还是雅各布（Jacob）⑤ 笔下的无名天使，你必须与之搏斗他才会赐福于你？抑或是希腊海神普罗蒂斯，你得紧紧抓住变化多端的他？写作这件事当然是很难把握的。该从哪里开始？是从写作这头开始，还是从作家那头开始？该从动名词还是名词开始？是从写作活动开始还是从进行写作活动的人开始？两者到底有何区别？

---

① WILSON M. Other Canadians and after//Masks of poetry：38.

② 艾丽斯·芒罗（1931—），加拿大女作家。代表作有短篇小说集《快乐影子之舞》《逃离》等。2013年获诺贝尔文学奖，是第一位获得诺贝尔文学奖的加拿大作家。艾丽斯·芒罗结婚前的名字叫艾丽斯·安·莱德劳，1951年与詹姆斯·芒罗结婚，改随夫姓。——译者注

③ MUNRO A. Cortes island // The love of a good woman. Toronto：Penguin，1999：143.

④ Hydra，古希腊传说中的多头蛇，砍去一个头立即长出新头，后为大力神赫拉克勒斯所杀。——译者注

⑤ 这里指的是《格林童话》的作者之一雅各布·格林。——译者注

在日本作家安部公房（Kobo Abé）[1] 的小说《砂之女》（*The Woman in the Dunes*）[2] 中，有个名叫仁木的男人发现自己和一个独居的女人被困在了一个巨大的沙坑下面。要活命，他必须把不停下漏的沙子铲开。为了在令人绝望的困境中找到一点慰藉，他就想如何把所经受的磨难写下来。“他为什么不能以一种更冷静的方式来看待事物呢？如果他能平安回去，把他的经历写下来将是多么有意义的事情。”

然后，他听到了另一个声音，他与这个声音交谈了起来。

> “——嗯，仁木……”那个声音说，“最终你还是决定写点什么。那的确是使你……的经历。”
>
> “——谢谢。其实，我在想该给它起个什么题目。”

不错，仁木已经有了作家的底色——他认识到了标题的重要性。只消再往前走几步，他就会考虑封面设计的问题了。但没过多久，他就泄气了，并宣称不管他如何努力，他也成不了一名作家。这时，那个声音又来宽慰他：“你不用把作家当成什么特殊人物。只要你写，你就是作家，不是吗？”

“当然不是。”仁木答道，“承认自己想当一名作家，只不过是夜郎自大罢了；你想要成为操控木偶的人，以此区分自己和木偶。”

那个声音说这个想法过于苛刻。“……你当然能够区分……成为一名作家和写作之间的区别。”

---

① 安部公房（1924—1993），日本小说家，剧作家。出生于东京，在中国沈阳长大。作品受存在主义和超现实主义等西方现代派影响，往往具有特殊的场面、奇怪的情节、象征的手法和深刻的寓意，力图揭露社会的不合理性，并探求解决问题的出路。《砂之女》于1964年被改编为同名电影，讲述了去沙丘采集昆虫标本的男教师被骗往进了一个蚂蚁穴般的砂洞，并与一名寡妇同居所发生的故事。——译者注

② ABÉ K，SAUNDERS E D. The woman in the dunes. New York：Vintage，1964，1972.

“噢，这下你懂了！”仁木说，“那就是我想当作家的真实原因。如果我成不了作家，就完全没有必要去写作了啊！”

写作——把字词写下来——是一项平常不过的活动，就好比和仁木对话的那个声音所言，写作没什么神秘的。但凡识字之人，只消拿起一样东西就可以在平滑的表面上开始书写。然而，**成为一名作家**，似乎是得到社会认可的一种角色，身上承载着某种分量或者说给人印象深刻的意义——“作家”二字，我们感受到的是不同凡响的意味。仁木想写作的原因是他需要那种地位——他想在社会上获得一席之地。不过，聪明的做法是直接去写作——先把空白的纸页写满——而不是老想着得到社会的认可。让自己背上作家的名号不见得是一件幸福和幸运的事情，这是需要付出代价的。当然，和许多别的职业一样，披上作家的戏服也可借此获得某种权势。

然而，戏服也是千差万别的。每个孩子，不仅从出生起就有各自特定的父母、语言、气候和政治环境，同时也被置于一个他出生之前就存在的关于孩子的既定舆论环境中——对待孩子，是看管就够了，还是该尊重他们的意见？是否该相信棍棒底下出英才？是不是要每天都表扬，这样他们就不会缺乏自尊？等等。作家也面临这样的处境。没有哪个作家成长于纤尘不染的环境，可以免受关于作家的世俗偏见的浸染。作家无一例外都要面对这样或那样的成见，诸如作家是什么样的人，作家应该是什么样的，什么样的写作才是好的，写作能够发挥什么样的社会作用，或应该发挥什么样的社会作用等。我们所形成的自己的想法都是在这些成见的影响下产生的。不管我们是努力迎合这些成见还是反抗这些成见，抑或发现别人用这些成见来评判我们，我们都免不了要受它们的影响。

乍一看，我所成长于其中的社会好像不存在这些成见。当然是因为在我出生的年代，写作和艺术还不是加拿大社会日常生活中最要紧的话题——那是在1939年，第二次世界大战爆发刚好两个半月。人们要考虑的问题很多，即便没那么多问题要考虑，他们也不会考虑当作家这回事。在一篇九年后发表的题为“加拿大人会读书，但他们真的读吗?”的杂志文章中，诗人厄尔·伯尼（Earle Birney）说，多数加拿大人家中只有三本精装书:《圣经》《莎士比亚全集》和菲茨杰拉德（Fitzgerald）的《奥玛·海亚姆的鲁拜集》（*The Rubáiyát of Omar Khayyám*）。

我的父母都来自新斯科舍（Nova Scotia），离开这个地方后再也没有回去过，使他们有种一直在流放的感觉。我的父亲生于1906年，父亲的父亲是个边远山区的农民。我父亲的母亲是小学老师，由于附近没有中学，于是她鼓励我父亲通过函授课程自学知识。父亲后来上了师范学校，去小学代课挣了些钱，获得了一笔奖学金，又在伐木场打工，夏天就住在帐篷里，自己烧火做饭，以微薄的工资帮人清扫兔舍，把挣到的钱寄回家供他的三个妹妹读完高中，最后还取得了森林昆虫学博士学位。你可以想象，他信奉自立自强，亨利·戴维·梭罗（Henry David Thoreau）[①] 是他仰慕的作家之一。

我的外祖父是一位乡村医生，就是那种驾着雪橇冒着暴风雪去帮人家在餐桌上给产妇接生的医生。我的母亲是个野丫头，喜欢骑马和滑冰，不喜欢做家务，喜欢爬高上低，边练习钢琴边读小说——家人煞费苦心，就是为了让她变得淑女一点。我父亲在师范学校看见她竟从楼梯的扶手上滑下来，当即就下定决心要娶她为妻。

我出生的时候，父亲正负责管理魁北克北部一个很小的森林昆虫研究站。每到春天，父亲和母亲就去到北方；到了秋天下雪的时候，他们就回到城里，通常每次都住在不同的公寓。到我半岁大的时候，

---

① 亨利·戴维·梭罗（1817—1862），美国作家、哲学家，超验主义代表人物，也是一位废奴主义及自然主义者。——译者注

父母用一个旅行背包把我背进了森林，那里成了我的故乡。

一般认为，作家的童年生活会影响他们的职业，但仔细审视他们的童年你会发现，其实作家们的童年也是大不相同的。然而，作家们的童年有一点是相同的，就是与书和孤独为伴，我的童年也是如此。北方没有电影也没有剧院，收音机也不好用，但我从来不缺书籍。我很小就学会了阅读，对读书达到了痴迷的程度，凡是能找到的书我都读，从来没有人干涉我不可以读哪本书。母亲希望孩子们安静，而读着书的孩子是很安静的。

我们家的亲戚我都没有见过，在我心目中，祖母们的形象与童话故事中“小红帽”的祖母差不多，这大概对我后来走上作家这条路是有影响的——无法区分真实与想象，或者认为真实的东西同时也是想象的：每种生活都是有内在的生命的，这是一种创造出来的生命。

很多作家的童年生活都是孤独的，在这些童年生活中也有人给他们讲故事。我的哥哥是最早讲故事给我听的人，刚开始我只是听众，但没过多久我有了讲故事的机会。讲故事的规则是一直讲下去，直到讲不出新的东西或者是想换一下听别人讲。我们主要的长篇故事讲的是生活在遥远星球上的一种超自然动物。不知情的人可能误认为这些动物是兔子，而事实上它们是残忍的肉食动物，还能在空中飞行。这些故事充满冒险情节，主要情节是战争、武器、敌人和盟友、神秘宝藏和惊险逃脱什么的。

黄昏和下雨天是讲故事的时间，而其他时间，日子过得匆忙而务实。我们顾不上谈论道德和社会的不端行为——或者说没机会遇到这些问题。我们学会如何远离致命的愚蠢行为，比如不能放火烧山，不能从船上掉下去，打雷下雨的时候不能游泳，等等。我们家所有的家当都出自父亲的双手，比如我们居住的屋子、我们的家具、停船的码头等。我们可以自由地使用锤头、锯子、锉刀、凿子、摇柄钻头，以及各种各样锋利的危险工具，我们经常摆弄这些工具。后来，我们还学会了正确擦枪的方法（先把子弹退出来，不能把枪口对着自己）和快速把鱼杀死的方法（把刀插入鱼的脑门）。不管男孩还是女孩，撒娇和耍赖在我们家都是行不通的，哭鼻子就更不管用了。父母赞赏有理有据的辩论和孩子们对一切事物的好奇心。

但内心深处我并不是一个理性的人。我是家中年龄最小也是最爱哭的一个，经常因为稍有劳累而被送回家小睡。家人都觉得我有点敏感，甚至显得病恹恹的，这大概跟我对挑花绣朵、连衣裙和毛绒玩具之类的女生特别喜爱的东西过度痴迷有关。我对自己的评价就是：我娇小无害，与别人比起来简直就是棉花糖。比如，我的 22 式手枪枪法很差，斧头也使不好。我用了好长时间才搞明白，在那些惧怕龙的人眼中，哪怕是龙族的老幺仍然也是一条龙。

1945 年，我满五岁，第二次世界大战结束了，气球和彩色漫画重新回到了生活。我也从那个时候开始与城市和他人有了更多的交集。住房需求在二战后开始复苏，当时我们住的房子是那种新建的箱式错层房屋。我的卧室被刷成了淡粉红色，这还是头一回——我以前从未住过墙壁有颜色的卧室。我还在冬天去上了学，这也是有生以来头一回。成天坐在书桌前让我困乏，于是我被送回去小睡的时间比往常更多了。

大概在七岁那年，我写了一个剧本。剧本的主角是一个巨人，主题是犯罪与惩罚，罪行是撒谎，刚好符合一个未来小说家的特点，惩罚是被月亮压死。但是，该请谁来演这出大戏呢？我不可能同时扮演所有的角色呀！我的办法是用木偶。我用纸做成戏剧的人物，用纸箱做了一个舞台。

那部戏不怎么成功。我记得我哥哥和他那些伙伴走进来，嘲弄了我一番，这对我来说算是初次经历文学批评吧。我没有接着写剧本，转而开始写小说，但也是有始无终。小说的主角是一只蚂蚁，它在一只木筏上被河水冲到了下游。估计是小说这种更长的文学形式对我来说难度太大了，反正后来我就再也没写什么了，还把写作这件事忘得一干二净。我又开始学画画，我喜欢画时髦的女士，她们叼着烟嘴抽烟，穿着花哨的礼服和很高的高跟鞋。

我八岁那年，我们又搬去了一个新的地方，住的是一种第二次世界大战后新建的平房。这次，我们离多伦多市中心更近了。多伦多当时还是个土里土气的边远城市，人口只有 70 万。在别的女孩子身上，我开始感受到现实生活的模样：她们那种扭捏作态和势利眼，那种爱搬弄是非和说三道四的社交生活，还有连捉一只蚯蚓都吓得花容失色和像猫咪一样细声细气的叫声。我更熟悉男孩那种直截了当的心思，也熟悉手腕上被绳子勒出的伤痕和断指把戏（dead-finger trick）①，而那些女孩子对我来说好像是外星人。我对她们满怀好奇，直到现在仍然充满好奇。

到 20 世纪 40 年代后期，没有了战时生产的需要，妇女们得以回归家庭，生育高峰期到来了：结婚并生育四个孩子是妇女们的理想，而且在接下来的 15 年中，这种理想都没有改变。当时，加拿大还是一个文化闭塞的地方，这种思潮对我们的影响不算太大，我们也有像阿梅莉亚・埃尔哈特（Amelia Earhart）② 那样富有冒险精神的妇女，也不乏才女，还有些独立的甚至思想前卫的女性，她们自强自立地活

---

① 断指把戏的玩法：在火柴盒一侧的底部挖一个食指可穿过的孔，玩游戏的时候把火柴盒握在手里，食指穿过小孔，在指头周围摆上棉花或纸巾，再在指头上抹点番茄酱，在不知情的人面前打开火柴盒，对方会以为在盒子里放了一根断指。——译者注

② 阿梅莉亚・埃尔哈特，1897 年 7 月 24 日出生。1937 年 7 月 2 日，她尝试首次环球飞行，在飞越太平洋期间神秘失踪。1939 年 1 月 5 日被宣布逝世。她是一位著名的美国女性飞行员和女权运动者。埃尔哈特是第一位获得十字飞行荣誉勋章的女飞行员、第一位独自飞越大西洋的女飞行员。——译者注

过了20世纪三四十年代。不过，娴熟地操持家务依然被视为妇女安身立命的根本。

在这样的背景下暗藏一丝恐惧：原子弹爆炸，冷战上演，麦卡锡主义泛滥；至关重要的一点是人们要尽量让自己看上去正常、平凡。我突然想到，在心智和理智方面一贯中规中矩的父母，在别人眼里可能是怪异分子；也许他们不过是无害的疯子，但他们可能是无神论者，或在某些方面有点不同寻常。我也尽力表现得跟别人一样，不过我不大明白“别人”究竟是什么样的。

1949年我10岁，正好赶上歌坛天后帕蒂·佩姬（Patti Page）[①]的黄金时代，我听到的第一张双轨录音唱片就是她唱的，她既是主唱又是和声。我开始被流行文化侵蚀，这让父母深感不安。那是一个泪水泛滥的电台肥皂剧风靡的年代，是属于夜间连续剧《青蜂侠》（*The Green Hornet*）和《致命诱惑》（*Inner Sanctum*）的年代，是杂志广告鼓吹细菌的危害并鼓动家庭主妇加入防尘战争的年代。此外还有丘疹、口臭、头皮屑和狐臭之类让人唯恐避之不及的危害，连环画杂志封底的广告令我看得入迷——不是一管牙膏挽救了失败的社会生活，就是健美教练查尔斯·阿特拉斯（Charles Atlas）[②]的传奇故事，鼓吹他的健美操可以助你免遭海滩上的恶棍把沙子踢到你脸上。

也是在那个时期，我阅读了埃德加·爱伦·坡（Edgar Allan Poe）的全部作品：学校图书馆有爱伦·坡的作品，原因是他的作品没有性描写，所以被认为适合儿童阅读。我对伊迪丝·内斯比特

① 帕蒂·佩姬（1927—2013），原名克拉·安妮·福勒（Clara Ann Fowler），大乐队时代排名第14位的艺人，在这期间共有39首歌曲上榜，是20世纪50年代唱片销量最大的女歌手。——译者注

② 查尔斯·阿特拉斯（1892—1972），美籍意裔健美运动员，以健美运动方法和健美节目闻名。他开创了以自己的名字和照片进行广告营销的先河，因其占位时间之久和深入人心在广告史上具有里程碑式的影响。——译者注

（E. Nesbit）的作品痴迷不已，还阅读了所有我能找到的安德鲁·朗格（Andrew Lang）的民间故事集。我对少女神探南希·德鲁（Nancy Drew）没多大兴趣，感觉她过于正派，但偏偏 12 岁那年无可救药地爱上了夏洛克·福尔摩斯（Sherlock Holmes），爱到不可救药，但这种热爱没什么危险。

我上高中时年龄还是太小了点。虽然那个年代允许跳级，但学生必须在学校待到 16 岁，所以我们班里尽是些大块头的学生，都开始剃胡子了。我的身体反应是得了贫血症，心脏也有奇怪的杂音，需要很多的睡眠。还好，第二年我长大了些，那些穿着皮夹克、骑着摩托车、袜子里藏着自行车链条的同学都毕业了。为了给我滋补身体，父母给我吃炒猪肝和含铁的药丸，可以说我的情况有所改善。

埃尔维斯·普雷斯利（Elvis Presley）[①] 出道的时候，我 15 岁，因此华尔兹和摇滚乐我都行，只是错过了探戈——那个时候还不流行探戈。那个年代流行校园交谊舞、谈情说爱、露天电影，还有大人们写的文章，善意提醒接吻和异性的抚摸有哪些危险。我们学校没有性教育；体育老师说到“血”这个单词的时候都是按字母拼出来而不是直接念出来，生怕女生听到这个词会晕倒。口服避孕药这个东西在当时根本没听说过。怀了孕的女生就从学校消失了，她们要么死于堕胎手术、要么落下残疾，或者不得已草草结婚，早早就过起养儿育女的生活，还有的躲进未婚母亲收容所，靠擦洗地板度日。我们必须不惜一切代价避免这种命运，橡胶贞操裤就可以助人一臂之力。和之前的很多文化一样，整个文化似乎充满无尽的兴奋，与之相伴的还有一堵

---

① 埃尔维斯·普雷斯利（1935—1977），俗称“猫王”，出生于美国密西西比州图珀洛，美国著名摇滚歌手、演员，2008 年在《公告牌》评选的“Hot 100 单曲榜上榜曲目最多的艺人”中名列第一，2009 年入选《时代周刊》“百年地球十大文化偶像”。——译者注

高高的围墙。

然而，阅读使我了解到生活肮脏一面的很多事情。16 岁之前，我的阅读面很广，几乎什么书都读，如简·奥斯汀（Jane Austen）、《真实浪漫》（*True Romance*）杂志、低俗科幻小说、《白鲸记》（*Moby Dick*）等。不过，我读过的书大概可以分为三类：课堂读到的书，家中随手可得或者在图书馆借阅的可以正大光明地读的课外书，以及有禁忌嫌疑的书，只能在帮粗心的邻居照看孩子时偷偷摸摸地读——我就是这样读到《琥珀》（*Forever Amber*）[①] 和《黑板丛林》（*The Blackboard Jungle*）的，后者充斥着对透明尼龙女衬衣种种危险的赞美，这也使透明的尼龙女衬衣由圣物变成了有害物。

在我读过的禁书当中，最令人毛骨悚然的是偷偷从街角店铺买来、爬梯子到平坦的车库顶上读完的《冷暖人间》（*Peyton Place*）。该书的女主角想当作家，但她成为作家过程中的种种事情真是让人恶心得受不了。还好，她有写不完的素材，花柳病啦，强奸啦，静脉曲张啦，没有她想不到的。

相比之下，学校里的课程清一色是英国风，而且绝对前现代。我猜想这样做的目的是不让我们接触到性爱场面，然而这些书免不了也涉及某些性爱方面的内容，不管表现为实际行动还是可能性，而且这些文学作品往往以悲剧收场，如《罗密欧与朱丽叶》（*Romeo and Juliet*）、《弗洛斯河上的磨坊》（*The Mill on the Floss*）、《德伯家的苔丝》（*Tess of the d'Urbervilles*）、《卡斯特桥市长》（*The Mayor of Casterbridge*）。还有大量的诗歌课程。老师的教学重点是照本宣科地

---

① 《琥珀》是凯瑟琳·温莎（Kathleen Winsor）于 1944 年出版的著名小说，在欧美文坛引起强烈震动，一度受到许多美国文学评论家的口诛笔伐，在波士顿甚至被列为禁书，但许多普通读者喜爱该书。1947 年，好莱坞将《琥珀》拍成电影《除却巫山不是云》，更扩大了此书的影响。——译者注

教我们疏通一下文字，再无其他。我们要学会背诵这些文本，分析它们的结构与风格，写出总结大意，但对这些文本的历史背景和作者生平一概不知。我估计这是受到了新批评派影响的结果，不过那时谁也没有提到这个术语，也没有人讨论写作应该是一个过程还是一种人们实实在在从事的职业。

那么，我是如何在这种条件下成为作家的呢？在当时的条件下，我不太可能成为作家，它也不是我的选择，不像你们选择成为律师或者牙医什么的。然而这一切就那么发生了。1956 年，在我放学回家经过足球场的时候，我构思了一首诗，然后把它写出来。后来，写作就成了我唯一愿意做的事。我当时不知道，其实我写的这首诗压根儿不怎么样，不过即使我知道，我可能也不会管那么多。让我欲罢不能的不是写了什么，而是那种体验——那种触电般的感觉。我从一个不写作的人转变为一个作者只是一瞬间的事，颇像粗制滥造的影片里面温和的银行职员转眼变成了尖嘴獠牙的怪物。目睹这一变化的人可能会以为我是接触到了某种化学物质或者宇宙射线——就是使老鼠变成了庞然大物，或是把大活人变成了隐形人的那种。

当时我年纪还小，完全没有意识到这种转变。如果我对作家的生活有更多了解，或者至少有所了解，我一定会把那点见不得人的变化隐藏起来的。我非但没有隐藏，还宣布出来，让那些和我一起在学校食堂吃自带午餐的女同学大吃一惊。后来，其中一个女生跟我说，她觉得我表现得很有勇气，敢把这件事说出来，胆子不小。其实，说到底，是我太无知了。

事实证明，我的父母对此也是惊愕不已：他们能忍受毛毛虫、甲壳虫和其他非人类生物，但对艺术家这个物种显然缺乏耐受力。和往常一样，他们没说什么，打算先观望一下，但愿我只是一时头脑发热，不过言语中拐弯抹角地暗示我还是应该找一份能赚钱的工作。母亲的一个朋友倒是很乐观，“不错啊，亲爱的，”她说，“至少你在家里就可以工作了呀!”（在她看来，我应该和所有头脑正常的女孩子一样，最终也会成家。其实她太不了解当今女性作家的惨淡人生，不知道这些坚定而执着的女人应该把那些东西彻底抛诸脑后，去坚守不合时宜的贞操，过着乌七八糟的散漫生活，或是自杀——如此种种，不一而足。）

假如我对自己将要承担的角色（不只是作家，而是**女**作家）有那么一点点的自知——当然一切都晚了！——我会毫不迟疑地把那支漏墨的蓝色圆珠笔扔得远远的，或者像《碧血金沙》（*The Treasure of the Sierra Madre*）的作者 B. 特拉文（B. Traven）那样取一个神秘莫测的笔名把自己包裹起来，让别人始终搞不懂他的真实身份；或者像托马斯·品钦（Thomas Pynchon）那样，从不接受采访，也不允许自己的照片出现在书的封面上。无奈当时年少无知，不懂得这些招数，现在知之晚矣。

在艺术家、科学家或政治家的人物传记中，通常会写到在他们很小的时候有几个决定性的时刻预示了他们将来会成为什么。所谓三岁看到老，即便没有这样的决定性时刻，传记作家也会施展移花接木的本领，好让一切看起来天衣无缝。我们愿意相信宇宙中的因果学说。但当我回顾开始写作之前的生活时，似乎找不到可以解释我选择这个古怪方向的任何逻辑；甚或说，我生活中的那些东西和没成为作家的人也没什么两样。

我 26 岁出版第一部真正的诗集——“真正”是相对于我之前在朋友的地下室用平台印刷机自行印制的小册子而言，在那个年头，诗人们都这么干——哥哥在给我的信中说：“恭喜你出版第一部诗集，我年轻的时候也干过这等事。”也许这就是问题所在。我们童年时有很多共同的爱好，但他没有坚持下来，转到别的好玩的事情上去了，而我坚持了下来。

接着说 1956 年的事，当时我还在上高中，放眼望去，竟没有一个志同道合者觉得我应该、能够、必须做什么。除了给《主日学校》（*Sunday-School*）杂志写儿童故事的姑妈，我不认识任何作家。她，在年少轻狂、自命不凡的我看来，算不上作家。那些我读过其作品的小说家（他们的小说是给大人读的，不管是低劣的作品还是有点文学价值的作品），不是已经死了就是没生活在加拿大。我还没有着手认真找寻和我同属一类的人，把他们从潮湿的洞穴和隐秘的树林里找出来，所以 16 岁的我视野无异于一般公民：我看得见的只不过是那些清晰可辨的东西罢了。感觉作家作为一种在其他国家、其他时代早就习以为常的公共角色，在加拿大则要么从未被建立过，要么曾经存在但已不复存在。下面引用的 A. M. 克莱因（A. M. Klein）的诗《风景画一样的诗人肖像》（*Portrait of the Poet as Landscape*），虽然当时我还没有读过，但没过多久便偶然读到且在我心中留下了深刻的印象，这种感觉就像一只破壳而出的小鸭看见袋鼠。

> 可能他已经死了，没被发现。
> 可能会发现他在某个
> 狭窄的衣柜，像侦探小说里的尸体，
> 站着，瞪着双眼，随时会扑向……
>
> 我们确信在这个真实的社会
> 他已经消失了，无人在意……
>
> ……如果确有其人，他是一个数字，一个某某某，
> 一个酒店登记册上的史密斯先生，
> ——隐姓埋名，丢失了，不在了。[①]

---

① KLEIN A M. Portrait of the poet as landscape//The rocking chair and other poems. Toronto: Ryerson Press, 1966: 50.

关于写作，我最初的念头是先给通俗杂志写写肉麻的爱情故事——我从《作家的市场》(*Writers' Markets*)得知，这类杂志稿酬颇丰，然后靠这笔钱过活，同时写作严肃的文学作品。但试过几次后，我确信自己在写作爱情故事方面词汇贫乏。接下来我的想法是，我应该去新闻系读书，然后去报社工作；我思忖一种写作也许会诱发另一种写作，刚好是我想写的那种，结果这种构想混合了凯瑟琳·曼斯菲尔德(Katherine Mansfield)和厄内斯特·海明威(Ernest Hemingway)的写作风格。但跟一个真正的记者——我堂兄，是我父母专门请来泼我冷水的——探讨一番后，我改变了主意，因为他跟我说，女记者只会被安排去写讣告和妇女栏目，仅此而已。所以，通过大学入学考试后——我现在做噩梦还会梦见大学入学考试——我头也不回地去上大学了，心想毕业后我总可以当个教书匠吧。教书也不赖，因为老师有很长的暑假，我就可以书写我的名篇佳作了。

1957 年，我 17 岁。老师们不加掩饰地表示我们呆若木鸡，一点都不像 10 年前参加过第二次世界大战的退伍军人那样令人兴奋：他们历经苦难，对知识充满渴望。我们也不像那些在 20 世纪 30 年代读大学的左派们那么令人兴奋：当时他们曾引起不小的骚动。老师们说得没错：总的来说，我们又呆又笨。男生只想着找份工作，女生只想着嫁给这些男生相夫教子。男生穿的是灰色法兰绒男裤、运动夹克，打着领带；女生穿着驼绒外套、牛角扣羊绒大衣，戴着珍珠耳坠。

当然，也有不同的人。他们穿着黑色高领套头毛衣，如果是女生的话，还会在裙子底下穿黑色芭蕾紧身裤——当时还没有发明裤袜，而女生又必须穿裙子。他们人数不多，脑瓜子很灵，在别人眼里，他们有些装腔作势，被称作“不懂装懂的艺术家”。起初，我被他们吓到了；没几年，反过来是我把别人吓坏了。其实，要吓倒别人也不是特别难的事，只消掌握几种好恶，塑造某种形象——少些修饰打扮，脸色最好苍白些，更消瘦些，当然，穿着尽量沉闷些，像哈姆雷特（Hamlet）那样——这一切都意味着你头脑里思考的东西是如此深奥，非常人所能理解。正常年轻人对这些艺术家嗤之以鼻，至少对那些男艺术家如此，有时会把他们推倒在雪地里。有艺术气质的女生被认为比那些穿着牛角扣羊绒大衣的女生更开放，但她们口无遮拦，狂浪不羁，尖酸刻薄，脾气也暴躁：最好不要招惹这样的女生，别贪图跟她们上床而给自己惹来更大的麻烦。

不懂装懂的艺术家们对加拿大文学没兴趣，起码刚开始没有；跟大伙一样，他们恐怕不知道还有加拿大文学的存在。杰克·凯鲁亚克（Jack Kerouac）① 和“垮掉的一代”在20世纪50年代末崭露头角，通过《生活》（*Life*）杂志的报道而广为人知，但他们没有像你想象的那样对这些艺术家产生多大影响：欧洲文学更合我们的口味。你应该熟悉福克纳（Faulkner）、斯格特·菲茨杰拉德（Scott Fitzgerald）和海明威（Hemingway）；对戏剧情有独钟的人还应熟悉田纳西·威廉姆斯（Tennessee Williams）和尤金·奥尼尔（Eugene O'Neill）；还有《愤怒的葡萄》（*Grapes of Wrath*）的作者斯坦贝克（Steinbeck）；对惠特曼（Whitman）和狄金森（Dickinson）也应有所了解；能弄到地下流通书籍的，要熟悉亨利·米勒（Henry Miller）——他的书是禁书；热衷民权运动的，要读詹姆斯·鲍德温（James Baldwin），艾略特（Eliot）、庞德（Pound）、乔伊斯（Joyce）、伍尔夫（Woolf）、叶芝（Yeats）等也不容错过；但克尔凯郭尔（Kier Kegaard）、《荒原狼》（*Steppenwolf*）、萨缪尔·贝克特（Samuel Beckett）、阿尔贝·加缪（Albert Camus）、让-保罗·萨特（Jean-Paul Sartre）、弗兰茨·

---

① 杰克·凯鲁亚克（1922—1969），美国作家，美国“垮掉的一代”的代表人物，主要作品有自传体小说《在路上》《达摩流浪者》《荒凉天使》《孤独旅者》等。——译者注

卡夫卡（Franz Kafka）[①]、尤内斯库（Ionesco）、布莱希特（Brecht）、海因里希·伯尔（Heinrich Böll）以及皮兰德娄（Pirandello）才叫魔力四射。福楼拜（Flaubert）、普鲁斯特（Proust）、波德莱尔（Baudelaire）、纪德（Gide）、左拉（Zola），以及大名鼎鼎的俄罗斯作家托尔斯泰（Tolstoy）、陀思妥耶夫斯基（Dostoevsky）也有不少读者。有时，为了惊世骇俗，有人会声称喜欢艾茵·兰德（Ayn Rand）：男主角强暴女主角，而女主角乐在其中，虽然很多好莱坞电影中不乏唾骂、扇耳光、摔门，最后以男女主角搂抱在一起为结局的剧情，但兰德的描写还是被认为够大胆的。

作为一个殖民地国家，加拿大在文化上依然深受没落的大英帝国的影响，但当代英国作家在这里难有一席之地。乔治·奥威尔（George Orwell）已成故人，但不乏读者；迪兰·托马斯（Dylan Thomas）也有不少读者。少数勇敢无畏的女性敢于公开承认读过多丽丝·莱辛（Doris Lessing）的《金色笔记本》（*Golden Notebook*），但暗地里偷偷阅读的人也不在少数。艾丽丝·默多克（Iris Murdoch）刚开始崭露头角，她的作品因为怪异而被认为有趣。格雷厄姆·格林（Graham Greene）还健在，受人尊敬，不过当时还没像后来那般被推崇备至。克里斯多夫·依修伍德（Christopher Isherwood）小有名气，因为纳粹势力开始抬头的时候他正好在德国。爱尔兰作家弗兰·奥布莱恩（Flann O'Brien）的读者虽然不是太多但对他很忠实，康诺利（Connolly）的《不平静的坟墓》（*The Unquiet Grave*）也是如此。一档名为《傻瓜秀》（*The Goon Show*）的电台节目让我们感受到了真正的英国文化对我们的影响，这个节目很有颠覆性，表演者有彼得·塞

---

① 弗兰茨·卡夫卡（1883—1924），捷克作家，用德语写作，出身于布拉格（当时是奥匈帝国的一部分）一个犹太人中产阶级家庭，41 岁时死于肺结核，死后有很大的名望和影响力，被认为是 20 世纪欧洲伟大的作家之一。——译者注

勒斯（Peter Sellers）。还有“巨蟒喜剧团”的前身《边缘之外》（*Beyond the Fringe*），记得我是从录音上知道这个节目的。

我参加的第一个艺术团体是个剧团。我不想当演员，但我会给道具上色，必要的时候还可以被拽上场演个配角。我曾经帮剧团设计和印制海报，就不用去药店兼职；其实我并不是很在行，不过也没谁跟我抢饭碗。在当时，艺术还是个小众行当，加拿大也大抵如此，使得艺术圈里的人通常会参加多种类型的活动。我跟那些民谣歌手也混得不错，当时时兴收集真正的民间歌谣和弹奏自动竖琴这类乐器，我从民谣歌手那里吸收了数量惊人的悲情恋人哀歌、血淋淋的谋杀阴谋，还有些猥琐不堪的下流小调。

这期间我不停地写作，到了如痴如醉的地步，虽写得不怎么样，但满怀希望。我几乎尝试了所有我后来从事写作的文学形式——诗歌、小说、纪实散文，然后费劲地把稿子打出来。我只用四个手指打字，这个习惯一直保持到现在。我孜孜不倦地阅读学院阅览室的几份薄薄的文学杂志——我记得是五本——这是几本在加拿大出版的英文杂志，我想不通某某胡子花白、大权在握的编辑凭什么断定里面的几首诗写得比我好。

没过多久，我就开始在校园文学杂志上发表作品了，接着——通过写好地址的回邮信封，我是从《作家的市场》上学到这个窍门的——我也在那五本薄薄的、令人魂牵梦萦的杂志中的一本上发表作品了。[我的署名是姓名当中名的首字母缩写，因为我不想让任何重要人物知道我是个女生。总之，我们上高中时学过一篇亚瑟·奎勒-库奇爵士（Sir Arthur Quiller-Couch）的文章，说“男性的”风格是大胆、雄壮、鲜活等，而“女性的”风格是柔和、平淡、傻乎乎。作家们喜欢说，就能力而言作家不存在性别差异，这点毫无疑问是真的，但显而易见说这种话的作家大多是女性。然而，在写作兴趣方面，女作家们并非不受性别影响，最重要的一点是，她们会受到区别对待，尤其是审稿人会对她们另眼相看。不管这种区别对待是何表现形式，迟早都会对她们造成影响。]

收到第一封文学杂志用稿信的那个星期，我有一种飘飘忽忽的感觉。我实在是太震惊了。我深知自己为之努力的那个目标遥不可及，现在竟然实现了。一切即将如愿以偿，就像是一个略微让人不敢信以为真的美梦，或者让人心想事成的童话故事。我读过很多很多民间故事——一觉醒来金子变成了煤块，拥有美丽的容颜却被砍掉了双手——不可能不知道会遭遇诡计和危险，还要付出可能致命的代价。

通过那些文学杂志，以及几位给那些杂志写稿的教授，我发现了一道鲜为人知的门。那道门仿佛位于一座光秃秃的山上——就像冬天里的小山头或者蚁丘。对不知情的旁观者来说，这里了无生气，而一旦你找到了那道门并设法进到里面，那场面可是热闹非凡。在我眼皮底下，文学圈的活动一直紧锣密鼓地进行着。

加拿大确实有诗人存在，他们你一团、我一伙地存在着，甚至还有派别，诸如“都市派”“本土派”什么的。他们不承认自己属于某个派别，然后攻击属于某个派别的诗人；他们还攻击评论家，这些评论家多数也是诗人。他们相互辱骂；他们相互吹捧，相互写书评，对与自己交好的就大肆吹捧，对与自己交恶的就肆意攻击，跟 18 世纪文学史里说的如出一辙；他们目空一切，爱高谈阔论；他们被生活的荆棘扎伤，鲜血淋淋。

有几个因素加剧了当时的骚动。在我就读的学院任教的诺思洛普·弗莱（Northrop Frye）教授，1957 年出版了《批评的解剖》（*The Anatomy of Criticism*），在国内外引起了不小的骚动，并引发了诗人们的持续论战，他们很快分成“挺神话”和“反神话”两个阵营。弗莱做出了一个颠覆性的论断，不仅仅对加拿大，对任何社会都具有颠覆性，尤其是殖民地社会："……现实的中心就是一个人刚好所处的位置，其边界就是一个人的想象力所能达到的极限。"[①]（言外之意是，你不一定非要出生在伦敦或巴黎、纽约！）我们隔壁学院有个马歇尔·麦克卢汉（Marshall McLuhan）教授，他1960年出版的《谷登堡星云》（*The Gutenberg Galaxy*）引起了另一次骚动。他论述了媒介及其对知觉的影响，以及书面文字可能被淘汰。（如此说来，伦敦、巴黎和纽约的作家们也和我们这些穷乡僻壤的小地方作家一样麻烦缠身啊！）

在神话、媒介和文学的普遍问题上争吵不休的主要是诗人。长篇和短篇小说家们跟诗人不一样，尚未形成团伙和门派。出版过作品的加拿大小说家还凤毛麟角，彼此互不相识，他们当中的大部分在国外生活，因为他们认为自己在加拿大无法发挥艺术家的作用。很多在20世纪60年代末和70年代将会变得小有名气的作家，如玛格丽特·劳伦斯、莫迪凯·里奇勒（Mordecai Richler）、艾丽斯·芒罗、玛丽安·恩格尔（Marian Engel）、格雷姆·吉布森、迈克尔·翁达杰（Michael Ondaatje）[②]、蒂莫西·芬德利（Timothy Findley）、鲁迪·威伯（Rudy Wiebe），在当时还默默无闻。

我发现进入那个神奇的蚁丘比我预想的要容易得多，在那里，除你自己之外还有别人会视你为作家，而且他们也乐于把当作家认为是一件好事。那个年代确实有真正波希米亚[③]式的文人，他们属于社会的另一个阶层，与其他阶层也大不相同。你一旦进入这个阶层，就成为其中一分子。

---

① 作者在多伦多大学读本科期间经常听诺思洛普·弗莱在课堂上这么说。

② 迈克尔·翁达杰（1943— ），斯里兰卡裔加拿大小说家、诗人，19岁时移民蒙特利尔，1992年出版的《英国病人》获"金布克小说奖"，并于1996年拍成电影。——译者注

③ "波希米亚"暗示奔放不羁。——译者注

比如说，有一间名为“波希米亚大使馆”的咖啡店，开在一栋破旧的厂房里，诗人们每周在这里搞一次聚会，朗读他们的诗作。要是我也“发表”了诗作，也会被邀请去那里朗读的。我发现，朗读诗歌与演戏大不相同。别人的诗词是一层幕布，是一种伪装，但要站起来读自己的诗——在众目睽睽之下，自己俨然成了一个傻瓜——我会紧张得想吐。（“诗歌朗读”越来越受人欢迎，很快就成了大家期盼的一项活动。没想到我在未来的 10 年都得躲到幕后呕吐。）

咖啡馆的聚会在很多方面都不同凡响，表现之一是鱼龙混杂，我说的是咖啡馆里种类繁多的极端组合。年轻的和年长的，男的和女的，发表过作品的和没有发表过作品的，功成名就的和刚刚出道的，激进的社会主义者和神经紧张的形式主义者，一股脑儿地围在盖有方格布、放着必不可少的基安蒂（Chianti）红酒瓶做烛台的桌子旁。

还有一件事——该怎么说呢？让我印象深刻的是，有些人——甚至包括发表过作品的、包括受人尊敬的——不见得有多厉害。有些人有时文采飞扬，但不稳定；有些人每次聚会都读同一首诗；有些人矫揉造作，让人直起鸡皮疙瘩；有些人参加聚会纯粹是为了搞个女人或者搞个男人。难道穿过那道门、闯进热闹非凡的诗歌蚁丘不一定能保证你成为诗人？那么，如何才能真正保证成功呢？你如何知道自己是否达到要求，而具体要求又是什么呢？如果这里有些人误以为自己天赋过人——他们的确如此——那我会不会也和他们一样？试想想，什么样才算“好”？谁来决定好与不好，用什么试纸来检验？

我就讲到 1961 年，那年我 21 岁，咬着手指，开始意识到自己进入了什么样的世界。等回过头来，我再谈写作作为一门艺术，作家继承并肩负的社会对艺术的一系列看法，以及写作本身这一问题。

写作区别于其他多数艺术的特征，是其显而易见的民主性。我的意思是，任何人都可以将写作作为表达的媒介。正如一条反复出现在报纸上的广告词说的："何不当个作家？……无须经验，无须特殊教育。"或者像埃尔莫·伦纳德（Elmore Leonard）笔下一个街头混混所说：

> ……你问我……会在纸上写字吗？就那么办，老兄，把你脑子里想到的词一个接一个地写下来……你不是在学校里学过写字吗？我希望你学过。你有个想法，把你想说的话写下来。然后，你再找个人帮你在需要的地方加上逗号和屁话之类的……有人专司此职。①

要唱歌剧，你不仅需要一副好嗓音，还要苦练多年；要当作曲家，你得有一对好耳朵；要当舞蹈演员，得有好身段；要上舞台表演，你要记得住台词；如此等等。视觉艺术家去写作，表面上看很容易——但是听到别人说"我家四岁小孩都可以做得更好"的时候，你感受到了嫉妒和不屑：在别人的观念当中，这个艺术家并不拥有真正的才华，只不过是运气好或者会点小聪明而已，说不定还是个骗子。当人们不知道是什么天赋和异乎寻常的能力把艺术家和普通人区分开时，就会发生这种事。

至于写作，多数人都私下认为自己已经打好腹稿，只要有时间，他们就可以手到擒来。这想法倒是没错。很多人的确有本腹稿，也就是说，他们曾经的那些往事，别人可能会有兴趣了解一番。但这跟"成为作家"风马牛不相及。

或者说得更难听一点：每个人都可以在墓地里挖洞，但不是每个人都可以当掘墓人。掘墓人需要出色的膂力和毅力。同时，鉴于掘墓这一活动的本质，掘墓人是一个含有深刻象征意义的角色。掘墓人不仅仅是在挖掘，还承载着别人的心理意念、恐惧、幻想、焦虑和迷

---

① LEONARD E. Get shorty. New York：Delta，Dell，1990：176.

信。不管喜欢也好，不喜欢也罢，你代表着死亡。其实，所有的公共角色都是如此，包括作家；但跟所有的公共角色一样，作家这个角色的意义——从其情感的和象征的层面来说——会随着时代而变迁。

本章的标题借用了艾丽斯·芒罗1978年出版的短篇小说集的书名。这本书在加拿大的书名是《你以为你是谁?》(*Who Do You Think You Are?*)①，但英国出版商把书名改为《罗斯与弗洛》(*Rose and Flo*)，美国出版商用的书名是《乞女》(*The Beggar Maid*)。可能是他们认为原书名对英国和美国的读者来说稍显晦涩；但对当时的加拿大读者来说，这个标题再好理解不过了，尤其是曾经怀揣艺术理想的读者。

《你以为你是谁?》是一部成长小说——关于青年人和教育的故事——叙述了一个叫罗斯的女孩，长大后成了小演员。小时候，罗斯在加拿大一所简陋的乡镇中学读书，英语课的作业是把诗抄写并背下来。罗斯在这个方面很拿手，她不用抄写就能把诗立刻背出来。"(罗斯）期待接下来会发生什么?"芒罗问。"是惊奇、表扬，还是未曾有过的尊重?"本应是的，但是这些都与罗斯无缘。老师断定罗斯是在炫耀，这倒是真的。"'好，就算你会背首诗，'她说，'但这不足以成为你不听从老师的指令的借口。坐下，把诗抄在作业本上。每行抄三遍。如果抄不完，放学后留下来接着抄。'"不用说，罗斯肯定得留下来抄写了，她抄写完交上去时，老师说："别以为会背诗你就比别人厉害。你以为你是谁?"② 换句话说，罗斯不能只因会点小聪明，做了一件多数人做不到却无关紧要的事，就自以为能够鹤立鸡群。

把女演员换成作家；把背诗换成编故事。那位老师的态度正是过去200年来所有西方艺术家不得不面对的，而偏远小地方的艺术家就

① MUNRO A. Who do you think you are? . Agincourt, ONT. : Signet, 1978.
② 同①200.

更不用说了。确实，他们已经不止一次就这个议题提出过一系列问题，正如我开头提到的《砂之女》中仁木跟他自己内心的对话。作家应该是个艺术家，而不是只满足于给报社写写文章，也不是只善于写固定的公式化小说。作家是不是很特殊？如果是，有何特殊之处？

第二章 双重性：双面人格以及靠不住的两面派

为何绕不开双重性？

你施舍的时候，不要叫左手知道右手所做的；

要叫你施舍的事行在暗中，你父在暗中察看，必在明处报答你。

——《马太福音》第六章 3—4 节

歌唱激情和欢乐的诗人，

你们在尘世留下了灵魂！

你们可也有灵魂在天国，

到新的世界过着双重生活？

——约翰·济慈（John Keats）[①]：《歌唱激情和欢乐的诗人》[②]

……你一手杰基尔（Jekyll），一手海德（Hyde）[③] ……

——格温多琳·麦克尤恩（Gwendolyn MacEwen）：《左手与广岛》[④]

异乎寻常的观察力意味着超凡的置身事外的能力：或者更像是一种双重过程——对别人的生活过于关注及认同的同时又保持无比的距

---

① 约翰·济慈（1795—1821），英国浪漫主义诗人。济慈才华横溢，与雪莱、拜伦齐名。他善于运用描写手法创作诗歌，将多种情感与自然完美结合，从生活中寻找创作的影子。他的诗篇能带给人们身临其境的感受。代表作有《夜莺颂》《希腊古瓮颂》《秋颂》《忧郁颂》《白天逝去了》《生命之手》等。济慈主张“美即是真，真即是美”。——译者注

② 译文引自屠岸翻译的《济慈诗选（三）》，原篇名为《诗人颂》（*Ode*）。——译者注

③ 杰基尔与海德是英国作家史蒂文森（Robert Louis Stevenson）小说《化身博士》（*Dr. Jekyll and Mr. Hyde*，1886）中具有两种人格的名字。杰基尔心地善良，名声极好，海德则无恶不作，杀人害命。杰基尔无法摆脱海德，最后选择自杀，以自我的毁灭来停止海德作恶。现多用杰基尔与海德形容双重人格或双重身份。——译者注

④ MACEWEN G. “The left hand and Hiroshima”, Breakfast for barbarians. Toronto: Ryerson Press, 1966: 26.

离……默然视之与全面融入之间的张力：这就是构成作家的全部。

——纳丁·戈迪默（Nadine Gordimer）[1]：《短篇小说选》引言[2]

我在一个满是化身的世界长大。我们这一代人的童年没有电视看——那是漫画书的时代——在漫画书中，超级英雄往往由无名小卒幻化而来。超人其实是戴着眼镜的克拉克·肯特（Clark Kent）[3]，神奇队长（Captain Marvel）原来是跛脚的报童比利·巴特森（Billy Batson）[4]，蝙蝠侠事实上是《红花侠》（*Scarlet Pimpernel*）[5] 中无头无脑的花花公子的化身——或者要反过来才对？和所有小孩一样，我是从情感层面来理解这些人物的。我们都渴望化身高大威猛而又满腔正义的超级英雄，而“真实”的我们，即活在现实世界的我们，则是如此的弱不禁风，处处犯错，受制于强者。叶芝和他的人格理论跟我们没有任何关系。

我们并不知道，这些超级英雄不过是浪漫主义运动的夕阳余晖罢了。没错，之前是有过伪装和化身的例子。没错，奥德修斯（Odys-

---

① 纳丁·戈迪默（1923—2014），南非女作家，主要作品有小说《七月的人民》《无人伴随我》等，1991 年获诺贝尔文学奖。——译者注

② GORDIMER N. Introduction，Selected stories. London：Bloomsbury，2000：4.

③ 克拉克·肯特，即超人（Superman），是美国 DC（Detective Comics）漫画旗下的超级英雄，1938 年首次登场于《动作漫画》（*Action Comics*）创刊号。克拉克·肯特由于和世界上最著名的超级英雄同名，从小饱经同龄人的嘲讽，戴着超大黑框眼镜的形象看起来像个文弱书生，然而他却被赋予了超人的能力，最终幻化成了超级英雄。——译者注

④ 比利·巴特森即神奇队长（Captain Marvel），是美国 DC 漫画旗下的瘸子超级英雄，其系列漫画最先由福西特漫画公司出版，在被 DC 漫画公司收购后由 DC 漫画出版。1940 年，比利·巴特森初次登场于《天才漫画》（*Whiz Comics*）第 2 期。——译者注

⑤ Emmuska Orczy 在 1905 年出版《红花侠》，男主角英国花花公子帕西爵士化身为传说中的侠客繁笺花，出生入死抢救法国大革命期间的受难贵族，并把他们送到国外，每次解救成功，就留下一朵红色的繁笺花为记。——译者注

seus）曾假扮成别人再次回到他伊萨卡岛（Ithaca）的宫殿。没错，在基督教中，上帝化身为贫穷的木匠，以拿撒勒（Nazareth）的耶稣的身份来到人间。没错，欧丁神（Odin）、宙斯（Zeus）和圣彼得（St. Peter）在传说和童话故事中化身乞丐游历凡间，报答善待他们的人，惩罚冷眼相待者。但正是得益于浪漫主义，才真正使这种双重性深深扎根于大众意识，使之成为一件意料之中的事情，尤其对艺术家而言。

以赛亚·伯林（Isaiah Berlin）在《浪漫主义的根源》（*The Roots of Romanticism*）[①] 中，精到地论述了18世纪“启蒙”作家或艺术家和因普契尼（Puccini）的歌剧《波希米亚人》（*La Bohème*）而为大众熟知的浪漫主义作家或艺术家的不同：前者臣服于普遍观念，奉行既有规范，为当权者所用；后者狂放不羁，安于清贫，不肯屈尊于人。他们深居阁楼，忍着饥饿创作天才杰作，别人则在堆满山珍海味的餐桌上大快朵颐，打着饱嗝不管他们死活。然而艺术家拥有隐秘的身份、隐秘的力量，并且——如果他们的后代也子承父业的话——他们将是最后的赢家。他们还远远不止表面上看起来的那样！

对于身兼作家的艺术家，他们不止双重身份，而是四重身份，因为光是写作这种行为就把作家一分为二。在本章中，我将要讨论的正是作家的双重性。

勃朗宁（Browning）[②] 那首令人毛骨悚然的诗《罗兰骑士驾临黑

---

① 参见 BERLIN I，HARDY H. The roots of romanticism. Princeton University Press，1999。

② 罗伯特·勃朗宁（Robert Browning，1812—1889），英国诗人、剧作家，主要作品有《戏剧抒情诗》《剧中人物》《指环与书》等。勃朗宁与丁尼生（Tennyson）齐名，是维多利亚时代两大诗人之一，他以精细入微的心理探索独步诗坛，对英美20世纪的诗歌产生了重要影响。——译者注

暗塔》(*Childe Roland to the Dark Tower Came*)一直令我神往。这首诗的叙述者是罗兰骑士,他肩负一项追求,诗中没有具体说明所追求的东西是什么,只不过应该不是圣杯。一般而言,一个人所追求的应该是值得努力的目标——要发现什么、得到什么——途中还要克服重重困难,罗兰骑士也不例外。但他每前进一步,他的追求就变得越渺茫,情况就变得越糟糕。一个老人取笑他——对追求目标的人来说,这是不好的预兆——随着他所经之处变得越来越萧条、越来越泥泞,他陷入了绝望。最终,完全出乎他预料的是,黑暗塔出现在他眼前,他发现自己被困在了一个陷阱里:周围的一切向他逼来,他无路可退。更糟糕的是,他被在他之前出发、和他有着相同追求但中途失败的人的鬼魂包围,他们正等着他失败,一起做鬼呢。他终于明白到自己的追求注定是要失败的。

从诗中我们得知,黑暗塔是座凶险的建筑,雄踞于此,无法穿透,且绝无仅有,塔上悬挂着某种叫作通灵兽号角的东西。这是种让人厌恶的乐器,估计勃朗宁是从查特顿(Chatterton)的作品里借用这个词,查特顿曾用这个词指“小号”。我想勃朗宁喜欢这个名字暗含的令人作呕的声音,因为这声音跟诗的整体意境很搭调。不管怎么说,你都得吹响通灵兽号角,来挑战黑暗塔里住着的什么人或东西:我们强烈地感觉到里面住着某种怪物。

我觉得罗兰骑士的黑暗塔就像乔治·奥威尔《1984》中温斯顿·史密斯(Winston Smith)的101号房间:里面的东西是走进房间里的人最恐惧的。我们来假设罗兰骑士是个作家,让他做勃朗宁的替身,他追求的东西是那首还未写作的《罗兰骑士驾临黑暗塔》,黑暗塔里的怪物就是罗兰骑士本人,这是他作诗的一面。我的证据是:首先,勃朗宁的这首诗是一气呵成的。写诗不像做项目,而是——不妨说——一股排山倒海般的冲动,这种冲动通常来自写作本身的最深处。其次，这首诗受到了莎士比亚《李尔王》(*King Lear*) 中 3 句台词的启发，出自凄凉荒野或李尔王发疯那一幕：

> 罗兰骑士驾临黑暗塔，
> 他一遍又一遍地说："呸，嘿，哼！
> 我闻到了不列颠人的血腥。"①

我们打小就记得，在"巨人杀手杰克"(Jack the Giant-Killer) 和类似的故事中，巨人就是这么说的。但在莎士比亚的剧本里，这句话是罗兰骑士亲口说的。因此，对勃朗宁来说，他读了这几句台词并创作出那首诗，罗兰骑士便成了他自己内心的巨人。但他也是杀死巨人的那个人。因此，他就具有了杀死自己替身的双重身份。

所以，一旦吹响致命的通灵兽号角，那个身兼罗兰骑士身份的怪物就走出黑暗塔，物质与反物质合流，追求的目标宣告达成，因为《罗兰骑士驾临黑暗塔》这首诗完成了。这首诗的最后几行是："我无畏地将通灵兽号角放在唇边，吹响。'罗兰骑士驾临黑暗塔。'"② 主角随之消失在以他的名字命名的诗的最后一行，诗的名字是《罗兰骑士驾临黑暗塔》。不可思议的是，本来注定要失败的追求最后竟没有失败，因为追求的目标就是写出那首诗，而诗的确也写出来了；尽管罗兰骑士——表征双重身份的他——在那首诗完成时消失了，但他依然会继续存在于他刚刚完成的诗里。假如这让你犯迷糊，不妨想想爱丽丝 (Alice) 第二集《镜中奇遇记》(*Through the Looking Glass*)，以及爱丽丝问的问题——是谁梦到谁？

被我们置于"作家"(特定作家) 名字之下的双重身份之间是何

---

① LEAR K. Act III, Scene iv.

② BROWNING R. "Childe roland to the dark tower came" // BROWN E K, BAILEY J O. Victorian poetry. New York: Ronald Press, 1942, 1962: 220.

种关系呢？这里所说的双重，是指不进行写作活动时存在的那个人——那个去遛狗、经常吃麦麸食品、把车开去清洗等的人，以及另一个人——跟他共享同一个身体，但更加朦胧、更加神秘莫测的人（在别人不注意的时候，这个人就会掌控局面，用这个身体实施创作活动）。

我办公室的布告牌上有一句从杂志上摘抄的隽语——“因为欣赏他的作品而想见到那位作家，犹如因为喜欢鸭肝酱而想见到那只鸭子。”这句轻松诙谐的话用来表达人们与名人或还算有名的人相遇时的那种失望感——他们总是比你想象的还要矮、还要老、还要平凡——当然我们也可以用一种更为阴险的方式来看这句话。要制作并吃掉鸭肝酱，先得杀掉鸭子。究竟由谁来杀呢？

那么，这冷酷无情的隽语是哪只看不见的手或哪个隐形的怪物写的？肯定不是我。我可是个与人为善、很好相处的人，不过有时有点缺心眼。我还是个甜饼高手，深受家养动物的喜爱；我还会织毛衣，只是我织的毛衣袖子太长了点。管他的，那条冷酷无情的隽语已经过去好几行了。过去是过去，现在是现在，你不可能两次踏入同一个段落。把那句话打出来的时候，我不是我自己。

那我又是谁呢？也许是我那作恶多端的双胞胎姊妹，或者是圆滑的化身。我终归是个作家，注定我会有一个圆滑的化身——或者顶多比我差一点点——隐藏在某个地方。我读过很多书评，书的作者跟我同名同姓，但那些书评显然是在说另一个人——在书上署名的那个人——肯定不是我。你永远无法想象——打个比方——她能烤出一个美味的焦黄色燕麦糖蜜面包，而我恐怕没那本事。当然，这没法相提并论。

你可能会说我命中注定就是个作家——如果成不了作家，就是个骗子、间谍或某类罪犯——因为我从出生就被赋予了双重身份。得益于父亲的浪漫情怀，我的名字是跟着母亲取的，但这样家里就有了两个相同的名字，因此他们得用另一个名字叫我。所以，从小到大，我用的是没有法律效力的昵称，而我的真名——如果可以那样叫的话——写在我的出生证上，我对其毫不知情，但它就像定时炸弹上的滴答声，始终是存在的。等我弄明白我竟然不是我，这是一个多么惊人的发现啊！我竟然还有一个藏而不露的身份，活像一只放在衣柜里的空手提箱，等着被装满。

不浪费则不匮乏[1]——我迟早要让这个多出来的名字派上点用场。我最早在高中校报上发表的作品就是用的我的昵称。后来有一段过渡期，我用的是名字的首字母缩写。最后，有个比我年长的前辈跟我说，如果我总是用昵称，没有人会认真把我当回事，而用首字母缩写来署名已经永远变成 T. S. 艾略特的专属了——我还是向命运低了头，接受了我的双重性。作者就是书上的一个名字。我是另一个人。

所有的作家都具有双重身份，原因很简单，你永远不可能真正遇到你所读的那本书的作者。在从创作到出版的过程中，大量的时间已经流逝，写书的人现在已经不是写作当时的那个人了。这也可以当成作家的托词。一方面，作家可以借此轻而易举地推脱责任，你不必把它当真。而另一方面，它的确是真的。

你看，我们很快就讨论起手的问题了——两只手，代表吉利的右手和代表厄运的左手。在过去的 150 年里，作家当中有一种流传甚广的怀疑，怀疑有两个灵魂共用同一个身体，两个灵魂的转换是难以预测、难以琢磨的。作家在有意识地谈到他们的双重身份时，他们说的是自己身体的一半负责生活，另一半负责写作——如果他多愁善

① 原文“Waste not，want not.”是句谚语，意为“俭以防匮”。作者在文中的意思是自己还有一个省着不常用的名字，需要的时候就可以拿出来用。——译者注

感——那这两半就是互为寄生的关系。就像彼得·施莱米尔（Peter Schlemihl）[①] 把自己的影子卖给了魔鬼，才意识到没了影子他就不复存在，这也是一种共生关系。化身也许是虚无缥缈的，但也是必不可少的。

我要补充一句，并非所有的化身都是不好的。有些化身是高贵的，可以代替你牺牲自己，就像格林兄弟童话故事里的“金娃娃”（The Gold Children），黑泽明（Kurosawa）的电影《影子武士》《*The Shadow Warrior*》，罗塞里尼（Rossellini）的电影《罗维雷将军》（*Il Generale Della Rovere*），伊萨克·迪内森（Isak Dinesen）[②] “一个抚慰人心的故事”（*A Consolatory Tale*）中的苏丹[③]兼乞丐，以及克里斯蒂娜·罗塞蒂（Christina Rossett）的诗《哥布林集市》（*Goblin Market*）中的两姐妹。然而，和“坏化身”故事一样，在“好化身”的故事中，两“半”也是紧密联系在一起的：两者命运互为依赖。

达丽尔·海因（Daryl Hine）在《像活人一样的幽灵》（*The Doppelgänger*）这首诗中是这样论述双重性的：

> 就这样一分为二，每个部分宛如孪生，
> 像极了被一面镜子切分的两个人，
> 分辨不出谁是谁，
> 每人都有两只手，无论爱恨，
> 他们茫然无措

---

① 出自阿德尔伯特·冯·基亚米索（Adelbert von Chiamisso）的同名小说（London：Camden House，1993）。想全面了解浪漫主义中化身形象的读者，请参阅 TYMMS R. Doubles in literary psychology. Oxford：Bowes and Bowes，1949。

② 伊萨克·迪内森（1885—1962），丹麦著名女作家，原名卡琳·布利克森（Karen Blixen），代表作有《走出非洲》。——译者注

③ 苏丹，某些伊斯兰国家统治者的称号。——译者注

有时既想杀戮又想拥抱……[①]

说话人，或说话的人们——也许有两个——看得出他的身份是诗人，或至少他的一半是诗人。但如果两半都是真的，究竟哪一半是“真的”呢？

从事写作的这一半，即被当作“作者”的这一半，与负责生活的另一半不是同一个人，这一概念从何而来？作家们怎么会有自己脑子里住着某种外星人的想法？导致可怜的小妮尔（Nell）[②] 夭折的人，肯定不是查尔斯·狄更斯（Charles Dickens）这个喜欢嬉戏打闹、在圣诞节给孩子们设计游戏的家长吧？他用那只写字的手无情地杀死妮尔时，一直在哭泣。不，是他身体里的恋尸狂，那个像墨水制成的寄生虫杀死了妮尔。

E. L. 多克托罗（E. L. Doctorow）在他最新出版的小说《上帝之城》（*City of God*）中说：“老天啊，再也没有比讲故事的人更危险的了。”[③] 丹麦作家伊萨克·迪内森笔下一个无足轻重的男人，穿上叙述者的披风后就像变了一个人：“‘没错，我可以给你讲个故事，’他说。此时，尽管他缄口不言，但他已有了变化；他不再是那个一本正经的地区长官，而是个深沉而危险的小身躯，坚定、警觉而无情——自古以来讲故事的人就是这副模样。”[④] 伊萨克·迪内森肯定读过《化身博士》，不过她应该没必要读这本书了，因为以她的经历看，她应该对这种变身已经很熟悉。作为常人，她是卡琳·布利克森，写小

---

① HINE D. The doppelgänger//The oxford book of canadian verse. Toronto：Oxford University Press，1960：318.

② DICKENS C. The old curiosity shop. Ware，Hertfordshire：Wordsworth Editions，1998.

③ DOCTOROW E L. City of god. New York：Random House，2000：65.

④ DINESEN I. “A consolatory tale”，Winter's tales. New York：Vintage，1993：296.

说的时候，她是伊萨克·迪内森。和很多女作家一样，她也可以化身为杰基尔博士，而且连性别都变了。

《化身博士》必定是受到了古老狼人故事的启发——一旦条件成熟，寻常之人就变成一副尖齿獠牙的狂暴之徒——同时也受到《像活人一样的幽灵》（*Doppelgänger*）这个古老故事的很大启发。罗伯特·路易斯·史蒂文森（Robert Louis Stevenson）并非第一个对这种双重性产生志趣的人。长相相同的双胞胎——和化身不完全是一回事——总能引起关注。在一些非洲国家，为避免厄运而将双胞胎杀死，至今我们还是觉得双胞胎有点神秘：也许这种别无二致的复制是在表明我们并不是唯一的。

记得我是12岁时在杂志的广告上第一次注意到双胞胎的。这条广告上有一种名为“托尼”的家用烫发膏，广告上有两个长得一模一样的女孩，两人都留着鬈发。广告词是“哪一个用了托尼?”——表达的意思是其中一个女孩使用廉价的家用烫发膏，另一个女孩则是在昂贵的理发店里烫的头发，但两人的发型是一模一样的。我为什么会怀疑广告是骗人的呢？也许是因为广告在暗示其中一个女孩是原版——正版、真实存在——而另一个不过是复制品。

双胞胎和化身是神话故事经久不衰的主题。他们通常是男性，如雅各（Jacob）和以扫（Esau）[①]，罗慕路斯（Romulus）与雷穆斯（Remus）[②]，该隐（Cain）与亚伯（Abel）[③]，奥西里斯（Osiris）与赛

① 雅各和以扫是《圣经》中的第一对孪生兄弟，以扫为长子，雅各为次子。——译者注

② 罗慕路斯与雷穆斯是罗马神话中罗马市的奠基人。在罗马神话中，他们是一对双生子。他们的父亲是战神玛尔斯，母亲是女祭司雷亚·西尔维亚。兄弟俩后来因为谁应当获得当地神的支持给新建的城市命名而发生争执，甚至爆发战斗，结果罗慕路斯将雷穆斯杀死。——译者注

③ 该隐与亚伯是《圣经》中亚当与夏娃被逐出伊甸园后先后生下的一对兄弟。——译者注

特（Set）[①]，而且他们往往为了统治权而争斗。他们被说成是某个城邦或民族的奠基者，只是他们中的一个兄弟或化身不如另一个走运。在帕特里克·蒂尔尼（Patrick Tierney）讨论活人祭祀的《最高祭坛》（*The Highest Altar*）[②] 中，他认为双胞胎中成功的那一个代表现存社会，不成功的那一个则代表成功者的黑暗面——他被牺牲并被埋在奠基石下，负责与阴曹地府打交道，抚慰众神，守护城邦。

双胞胎或长相酷似的兄弟姐妹在“文学”时代依然备受青睐，如莎士比亚《李尔王》中的好埃德加和坏埃德蒙，或不那么极端的《错误的喜剧》（*The Comedy of Errors*）[③] 中那对双胞胎主人和双胞胎仆人。但是，化身不只是双胞胎或兄弟姐妹。他或者她就是**你**，跟你有着相同的本质特征——外貌、嗓音甚至姓名，而且在传统社会中，这样的化身通常是不吉利的。在苏格兰民间传说中，遇见自己的化身预示着离死不远了：化身是阎罗的“差使”，是从阴间来接你走的。[④]古希腊神话中纳西索斯（Narcissus）[⑤] 的故事大概跟类似于看见自己化身的迷信有关，也可以与这个关于看见另一个自己的迷信说法联系起来：纳西索斯看见的其实是自己的倒影——那是他本人，但他是透

---

① 奥西里斯，古埃及神话中的冥王，也是植物、农业和丰饶之神。赛特，古埃及神话中的力量、战争、沙漠、风暴和外国之神。奥西里斯生前是一个开明的法老，被嫉妒自己的弟弟——沙漠之神赛特用计害死。——译者注

② TIERNEY P. The highest altar. New York：Viking，1989.

③ 《错误的喜剧》是英国剧作家威廉·莎士比亚创作的喜剧作品，首次出版于1623年，讲述了一主一仆两对双胞胎兄弟在海上遇难失散后，同在异乡城市出现，造成许多误认的可笑场景。剧中还就夫妻关系、亲子之爱、手足之谊进行了严肃讨论。——译者注

④ 诗人但丁·加布里埃尔·罗塞蒂（Dante Gabriel Rossetti）的名画《他们如何遇见自己》（*How They Met Themselves*）运用了这一思想。

⑤ 纳西索斯，希腊神话中最俊美的男子。有一天，纳西索斯在水中发现了自己的影子，却不知那就是他本人，爱慕不已，难以自拔。终于有一天，他赴水求欢，结果溺水而死。“自恋”（narcissism）一词即源自该神话。纳西索斯死后化作水仙花，此花也因此得名。——译者注

过水面看见自己——他的影子把他引上了绝路。

关心17世纪新英格兰塞勒姆女巫审判的人，对“幽灵证据”这个概念应该有所耳闻。幽灵证据跟其他实物证据，如插满小针的蜡人，具有同等法律地位。人们认为，巫婆能够派遣自己的“幽灵”或无影无形的替身去帮她们干见不得人的勾当。因此，如果有人看见你在场院里对奶牛下咒，而你有证人证明当时你在家里睡觉，这证明不了你的清白，反而表明你能投射自己的化身，所以你就是巫婆。（直至法院禁用幽灵证据，新英格兰的巫术审判才最终宣告结束。）

早期浪漫主义作家对民间故事和民间传说的喜爱到了如痴如醉的程度，因此化身可能正是由此进入浪漫主义及后浪漫主义文学的。这些“化身”故事及其衍生出来的故事，善于营造疯癫和恐怖的氛围——看过“化身”电影，如《复制娇妻》（*The Stepford Wives*）、《死亡游戏》（*The Other*）或者《孽扣》（*Dead Ringers*）的观众对此一定深有体会。在英语文学中，上述类型的“化身”故事最早的例子之一是詹姆斯·霍格（James Hogg）的《有正当理由的罪人的忏悔》（*Confessions of a Justified Sinner*，1824）。故事的主角深信他注定会获得救赎，因此可以有恃无恐地犯罪，最终如梦初醒般发现，一个跟他一模一样的人时时处处作恶多端，而他必须承担所有的罪责。爱伦·坡的《威廉·威尔逊》（*William Wilson*，1839）也有相似之处：故事的主人公被一个和他同名且长得一模一样的人缠扰，似乎从灵魂深处操控着他的行为。最终主人公杀死另一个“威廉·威尔逊”，也杀死了自己。像杰基尔博士和海德先生一样，这两个威廉·威尔逊是同生同死的，谁也少不了谁。到了19世纪后期，亨利·詹姆斯在他的《欢乐的角落》（*The Jolly Corner*，1909）中创作了一个更有心理学意义的“化身”故事：一个美国美学家从欧洲回国，怀疑有人住在他以前住过的房子里，那人不是他自己的翻版，而是他的鬼魂——那个留在美国、后来成为大亨的他。他追逐那个影子，最后和影子迎面相遇，这一面让他吓得不轻：他那个潜在的自我强大无比，却是个残暴的人，是个恶魔。

当然，还少不了道林·格雷（Dorian Gray）拥有的那幅神奇的肖像画。[①] 因为画家在作画时倾注了太多的某样东西还是别的什么——是他自己？还是他对道林压抑的激情？——使这幅画具有了一定程度的生命力。画上的人物随着年龄的增长和经历的增加而变老，而道林本人（一个俊美的男孩，从他的名字可以看出其与古希腊异教徒有撇不开的关系）却丝毫没有受到自己残忍堕落行径的影响，仍然青春永驻、容颜不老，且继续无所顾忌地犯罪，随心所欲收集他喜爱的艺术品。他不是艺术家也不是作家——没那么多讲究。他为艺术品而活，而且偏好堕落的艺术。但当他最终决定洗心革面并毁掉那幅画时，报应来了。他无法实现追求美德的誓言，意识到就是那幅画使他良心不安，他举刀朝画像刺去，画像又恢复了青春，他却死了。道林和那幅诡异的画像互换，现在的道林才是他真实的模样——一个糟老头。这个故事告诉我们：假如你也有一幅奇画，不要瞎摆弄，把它放好。

我想再说一个故事——一个叫作"五指野兽"（The Beast with Five Fingers）[②] 的离奇恐怖的故事。就我十多岁的年纪，何况又是在晚上替人照看小孩时读这个故事，我觉得它尤其恐怖。如果我们是人种学研究者，可能会把这类故事命名为"被切割掉的身体部位的化身"。比如，在《女巫之槌》（*Malleus Maleficarum*）[③] 这部了不起的超小说中写道，女巫骗走男人的阴茎并存放在鸟巢里；或者如果戈理

---

① WILDE O. The picture of dorian gray. Ware，Hertfordshire：Wordsworth Editions，1992.

② HARVEY W F. The beast with five fingers. New York：Dutton，1947.

③ 《女巫之槌》（又名 *Hexenhammer*，1484），由道明会宗教审判官兼科隆修道院长出版，是当代关于巫术的教材。

(Gogol)的短篇小说《鼻子》(*The Nose*)中写的，一个男人的鼻子逃跑了，变身为身穿制服的法官，直至被逮到，重新安放到人的脸上。相比而言，《五指野兽》没那么有趣，里面讲了一个品行不端的侄儿去看望他那个老实本分但年老多病的叔叔，满心希望从老人的遗嘱里分到点什么。他注意到：叔叔虽然睡着了，他的一只手却不老实，一直不停地在练习写着什么，还在练习老人的签名。侄儿只是觉得手会自动写字很好玩，并没把它当回事。

可以想象，老人死后，侄儿收到一个装着老人那只手的包裹时该有多惊骇——那只手伪造了遗嘱，还指示要把手砍下来寄给他。那只手根本没死，而是从包裹里跳将出来，爬上窗帘，搅得故事的主人公不得安宁，把他的生活搞得一团糟，这与其他化身的做法别无二致。(比如，那只手会写信，然后签上故事主人公的名字，那只手可没干什么好事。)那人抓住它，把它钉在了木板上，但手逃脱了，现在它被钉过的地方有个很丑陋的洞。手决心要报复，不出所料，结局是两败俱伤：那个人毁了那只手，而那只手也把他毁了，从而也揭示了故事的文学渊源。

这不过是一只从作家身上脱离了的、会写字的手。最近一期的《纽约客》(*The New Yorker*)上，沙纳汉(Shanahan)的一幅漫画就是在拿“作者是从身体上割裂的一部分”这个概念来搞笑。漫画上一只硕大的手指躺在酒店的床上，自顾自地想：“我他妈这是在哪儿?”漫画下方写着：“会动的手指能写作，写完了要进行连续3个星期、遍及20个城市的作品巡展。”[1] 事实上，肯定不是手指去搞作品巡展，而是倒霉的身体：那只该死的、完成写作的手指，文本真正的作者，此刻不知跑到哪里晒太阳去了，什么结局都不关他的事了。

---

① SHANAHAN D. The moving finger writes, and having writ, moves on to a three-week, twenty-city book tour//New Yorker, February 21, 2000: 230.

豪尔赫·路易斯·博尔赫斯（Jorge Luis Borges）[①] 进一步发展了上述概念，在“博尔赫斯和我”（*Borges and I*）这个故事中，他没有停留在只写一只手或一只手指，而是把化身博士的主题具体运用到了作者的身份上，把他自己——博尔赫斯——一分为二。自称为“我”的那一半说：“另一个人，就是那个叫博尔赫斯的人，才是故事的主角。”[②] 他接着说，博尔赫斯跟他有相同的喜好，“但却白白地把这些喜好变成了演员的特质。如果说我们是敌对关系，未免太夸张。我活着，让我自己继续活着，这样博尔赫斯就可以继续谋划他的文学创作，而他的创作使我合理地存在”。他承认这个博尔赫斯已经写出了一些像样的作品，但这不是他的功劳。“此外，”他说，“我命中注定最后是要死亡的，只有某些瞬间的我能在他的身体里活下去。渐渐地，我把一切都给了他，尽管我深知他有篡改和夸大事实的毛病……我会在博尔赫斯身上继续存在，而不是以我自己存在（如果我真是某个人的话）。”两者的关系倒不一定完全敌对，但也不友好：“几年前，我试图摆脱他，割舍郊区的神话去玩时间和无限的游戏，但这些游戏现在归博尔赫斯了，我不得不想象其他东西。我的人生变成了逃避，我失去了一切，一切都属于遗忘，或归他所有了。”作家把自己写进了作品——里面包含故作姿态和做作的成分——作家越是这样做，就越失去了真实的自我。然而即便在做出上述表述的时候，博尔赫斯也没有停止写作。他知道这有点反常：故事的最后一句是“我不懂这一页究竟是他还是我写的”。

这个小故事通过化身这一寓言概括了作家对自我的怀疑。除了作

---

① 豪尔赫·路易斯·博尔赫斯（1899—1986），阿根廷诗人、散文作家和短篇小说家，20 世纪 20 年代开始得遗传性失明症，视力逐渐减退，50 年代中期完全失明，迫使他放弃撰写长篇文章，开始靠口述写些短篇作品。他的大部分作品想象力丰富，以文字讽刺现实。——译者注

② BORGES J L. Borges and I // IRBY J F. Everything and nothing. New York: New Directions, 1999: 74 - 75.

品和作品上面的名字，“作家”还能存在吗？作者的这一部分——展现给世界的、能够长生不老的唯一部分——并不是血肉之躯，也不是真人。那么正在写作的“我”是谁呢？必须有一只手来握笔或敲键盘，但在写作的瞬间，是谁在操控那只手呢？如果有一个是真实的，那么两者当中哪一个是真实的？

下面，我想讨论一下写作这一形式的几个特征，可能是它们造成了这种症状——就是作家对另一个自我感到焦虑，并且怀疑自己还有另一个自我。这等于是在问：书写作为一种媒介，与先于它产生的口头媒介有何不同？

人们习惯将小说家称为“讲故事的人”，如“当代最佳故事讲述人之一”，这一称谓不会让评论家惹上麻烦——因为可以避免说“当代最佳小说家之一”——还可以借此表示该作家善于情节设计，其他方面就马马虎虎了。此外，还可以借此表示这个作家具有某种古老的、流传民间的、稀奇的或魔幻的才能，让人想到靠在摇椅上讲荒诞故事的德国老奶奶，一群小孩和格林兄弟围在身旁；或双目失明的老人或目光敏锐的吉卜赛女人，坐在集市或村子的广场上，像罗伯逊·戴维斯（Robertson Davies）喜欢说的：“给我个铜板，我就给你讲个金子般的故事。”[①] 但那种让现场听众听得神魂颠倒的故事讲述人和小说家是有显著区别的。19 世纪的小说家身居阁楼或书房，书桌上摆着墨水池，手握钢笔；20 世纪的小说家住在西里尔·康诺利（Cyril Connolly）和厄内斯特·海明威喜爱的那种破旧的宾馆房间里，埋头打字；现在的小说家用电脑写作。

说话的历史很悠久，书写则不然。多数人从婴儿期开始学说话，但很多人一辈子都不会阅读。阅读就是解码，而要会解码，就得学会

---

① DAVIES R. The merry heart：Robertson Davies selections 1980—1995. Toronto：McClelland and Stewart，1996：358.

一套完全任意的符号、一套抽象的公式。

就在不久以前，会阅读的人还是少数。他们拥有一项稀缺技能，他们能盯着一些奇形怪状的符号看，轻松念出某人从远方写来的信——让人敬畏不已。难怪普通人总是把书籍跟魔法联系在一起，而且跟书籍有关的通常是邪恶的魔法。人们认为，魔鬼跟律师一样，去到哪里都带着合同——一大本黑色的书（他老是纠缠你，要你用血把合同签了）；上帝也有一本书，书上写着被救赎的人的名字，但签名的不是他们自己。不管是这两本书中的哪一本，一旦你的名字上去了，就很难把它擦掉，不过，把名字从上帝的好书中去掉总比从魔鬼的坏书中去掉容易些。[①]

写作具有稳固性和永久性，说话则不然。因此，一旦讲故事的人进行写作——或者其他人把他们讲的故事写下来，因为这样显得更真实——写作的人就成了记录者，他们写的东西就有了固定不变的特质。上帝不放心通过口头甚或书面来传播"十诫"，所以他把它刻在了石头上，以此强调"十诫"是坚不可摧的。但有一点值得注意：《新约全书》中的耶稣是个讲故事的人，他通过寓言故事来布道，但没有写下只言片语[②]，因为上帝本身就是语词，是随风飘动的圣灵，是流动的、不可触摸的，就像说话的声音。但他那些敌人——文士和法利赛人信奉法律的字词，即书面文字。想想我们还不是通过书本来了解这一切，就觉得好笑。约翰·济慈给自己写的墓志铭是"此地长眠者，声名水上书"。他真是眼光不凡——通过这种方式不仅可以写

---

① 见利·亨特（Leigh Hunt）的诗"About Ben Adhem"，收录于 *The Book of Gems*（1838），David Jesson-Diblcy（ed.），*Selected Writings*（Manchester：Fyfield Books，1990）；还可以看到，很多战争纪念碑上都有天使手捧一本书，我们可以推想其中写着有福之人的名字。

② 只在《约翰福音》第八章 6～8 节中，耶稣用他的手指在地上写字。但他写了什么我们不得而知。

下自己的名字，精神也有了流动性，多美啊！

难怪圣马太（St. Matthew）在卡拉瓦乔（Caravaggio）的画中显得忧心忡忡，他紧紧攥住手中的笔，一个恶狠狠的天使口授圣马太必须按照他说的写：焦虑负重下的书写变得沉重。写下的东西就像证据——今后会被用来针对你。说来也巧，最早的侦探小说之一是埃德加·爱伦·坡的那部讲述失窃信件的名作。①

还是回到故事讲述者和作家的对比上来。作家长期使用的一个手法，就是假装他是口头故事讲述者，乔叟的《坎特伯雷故事集》就是这样，创造出一群口若悬河的人，来充当他想要讲的故事里面的故事讲述者。你一定多次读过书评或类似文章中说的，作家终于找到了自己的“声音”吧？作家找到的当然不是自己的声音。相反，他是借助写作的方式来创造出声音的假象。

不管作家以什么方式蒙混过关，他都与讲故事的人不是一回事。首先，作家在创作的时候是一个人，传统的讲故事者则不是。讲故事的人好比演员，要对现场听众做出回应。她的才艺在于表演：以嗓音做道具，辅以面部表情和手势的配合。置身现场意味着讲故事的人必须跟听众保持一定的界限。要是冒犯了听众——出言不逊，肆意亵渎神灵；或出口成脏，满嘴污言秽语；或恶意贬损听众的家乡、受拥戴的领袖或他们的族群；等等——你就等着烂水果的狂轰滥炸或被听众揍得骨头散架吧。在这一点上，作家和涂鸦艺术家一样，比讲故事的人随心所欲得多：他不必等在那里听读者的反馈。就像玛丽·安·伊万斯（Mary Ann Evans），她是善解人意、勇敢直率的乔治·艾略特（George Eliot）的另一个自我，在作品出版时跑去度假，从来不读自己作品的书评。作家根本不在意书评——反正也来不及了。等到书出

---

① POE E A. The purloined letter//Selected writings of Edgar Allan Poe. Boston: Houghton Mifflin Company, 1956.

版的时候，已经是定稿，生米已成熟饭，作家的工作已经结束。见解高明的评论也许对作家的下一部作品有帮助，但眼前的这本——这个可怜的小家伙，只能在这个又大又可恶的世界里碰碰运气了。

讲故事的人可以边讲边进行一定程度的即兴发挥——插科打诨，或岔开话题，还可以增加细节——但他不可能修改故事的开头，只能等下一场。讲故事好比在影院观影，只能一直讲下去：你不可能返回去，改变故事的内容。而作家可以反复修改，像福楼拜那样，不辞劳苦地打磨句子，字斟句酌，反复推敲，直至找到最合适的字句，精挑细选人物的名字——甚至不惜舍弃整个人物。较之讲故事的人，语句的神韵和自成一体对小说家毫无疑问更为重要。技艺超凡的故事讲述人可以在语言上即兴发挥，但通常是借助常用的语句或比喻，必要时从他们的词汇表里面提取出来用。他们不太担心重复使用字词；只有作家，而非吟游诗人，才会对措辞斤斤计较，反复校对，不放过任何无意造成的词汇重复。这倒不是说作家比讲故事的人更博学、更谨慎，只是他们博学和谨慎的方式不同而已。

还要考虑受众的特性。对讲故事的人来说，听众就在面前，而作家可能永远也见不到或认识他的读者。作家与读者相互看不到，唯一看得见的东西是书，而读者可能在作家去世多年后才会得到他的书。口传故事不会因为讲故事的人去世而消失：很多口传故事流传几千年，穿越时空，经久不衰。但故事的特定存在方式——某个人的故事讲述方式——肯定会随那个人死去。因此，故事会因讲述者的不同而发生改变。故事不是通过手来传播，而是口耳相传，借此不断流传。

书可以比作者存世得久，而且是移动的，也可以说是会变化的，但不是以讲故事的方式变化。书会随阅读方式的变化而变化。诚如很多评论家所说，每一代读者都会对文学作品进行再创作，从里面读出新的意义，使之获得新生。印刷在书本里的文字好比乐谱，乐谱本身不是音乐，但一经音乐家弹奏，或他们所谓的“演绎”，就成为音乐了。阅读文本就像演奏的同时聆听所演奏的音乐，读者自己变成了演绎者。

然而，真实、物态的书会给人永久不变的错觉。（我说错觉，是因为书一旦被烧毁，文本就不复存在，这样的例子不在少数。）书还会给人静止不变的印象——语序只能如此安排，不能改变。在识字的人很少、文本被罩上神秘光环的年代，这的确不可小觑：看过《启示录》[①]最后一段的人就知道，作者诅咒胆敢改动他只言片语的人。在此情况下，文本完全符合被认定的、唯一的原版就变得十分重要了。

曾经，文本只能用手誊抄；随着印刷时代的到来，书籍变得可以无限复制，由此产生一种现象：即便没有真正的原版，也可以印制很多的复印件。在《机器复制时代的艺术作品》（The Work of Art in the Age of Mechanical Reproduction）[②]这篇文章中，瓦尔特·本雅明（Walter Benjamin）对这种现象及其对视觉艺术的影响做了讨论，但机器复制对书的影响要大得多。原稿不过是有此一说罢了，经过那么多的编辑、变更和修改，谁知道哪个版本代表了作家的真实意图呢？

作家与读者互不相识是由创作和阅读之间的时间差造成的，再加上作品可以无限复制，这两个因素加剧了现代作家对自我的模糊认知。成为作家，意味着承担变成看不见的那一半的风险，还有可能成为没有真正原件的复制品。作家可能成了“五指野兽”中的那只手，他既是造假者，又是赝品、山寨货、假货。

在浪漫主义早期，作家被膜拜为伟人、天才，在一群凡夫俗子和

---

① Revelation 22：18－19.

② BENJAMIN W. The work of art in the age of mechanical reproduction // ARENDT H. Illuminations. New York：Schocken Books，1969.

平庸之辈中，他们一枝独秀[1]——这种膜拜应该会与我一直谈论的作家形象相抵触，即作家是双面的，难以捉摸的，甚至缺乏真实性。随着印刷技术和流通方式的进步，加上文化的迅速普及，作家不经意间就有可能变得大红大紫，而且是超乎想象的大红大紫，拜其作品而声名大噪：他们头顶光环，比实际看起来还高大英武。但一本一夜爆红的书就像扩音器，把音量扩大的同时也抹杀了发出声音的人，作家反倒被他自己创造的形象遮蔽了。拜伦一觉醒来发现自己声名大噪，他还被当成自己诗歌中的拜伦式英雄的化身，但他刚一出名就不再抛头露面了，因为他知道自己永远不可能达到公众的期望。要成为拜伦式的英雄只能吃青春饭，即使拜伦本人也概莫能外。

人们认为，浪漫主义文学的天才作家独特而极具创造力。这个意义上的“创造力”（容易被极端化，使其变得荒诞和怪异）成了评判作家的标准，大众用它来评判作家，作家也用它来评价自己。乔叟和莎士比亚并不介意使用别人的故事情节——事实上，说一个故事不是自己编的，而是来自更为久远的权威人士，并且（或者）是真实发生过的，就意味着这故事不是轻浮的谎言，从而增加了它的可信度。但早期浪漫主义文学认为，一个人所写的东西不应该只是大家想到但未曾很好表达的东西，也不应该只是对古老传说、故事或者历史事件的精彩再现，而更应该是作家对自我的表达——对他自己、完整存在的表达——如果一个人要创作天才的作品，他必须一直是天才。他得在剃胡须的时候是天才，吃午饭的时候是天才，贫穷的时候、富有的时候是天才，生病的时候、健康的时候是天才——顶着天才的名号可不轻松。无论男人还是女人，在自己身体面前都不是英雄。阿尔冈昆印

---

① 见伯林（Berlin）的《浪漫主义的根源》（*The Roots of Romanticism*）。

第安人（Algonquin Indians）[1]，威廉·巴勒斯（William Burroughs）[2]，还有某些英国漫画家，如史蒂夫·贝尔（Steve Bell），都存在关于肛门的寓言。在这些寓言中，一个人的肛门变成他的另一个自我，声音和人格跟他一模一样——这是身体颠覆了我们的理智或精神的另一套说法。如果你仅仅把自己看作个老实的工匠，那你可以用袖子擦鼻涕，没有人会觉得这有什么不好，但浪漫主义的男女英雄和天才们，在这方面就没有这份自由了。

所以，假如你相信了浪漫主义天才作家那一套思想，或其后发展出来的版本——成为高雅艺术美学家，他们认为生活本身必须是优美的作品——你一定会觉得急需一个化身：在你张着嘴巴打呼噜的时候，他帮你扮演那个崇高的角色。或者反过来，他扮演打呼噜的角色，你负责写诗。“一个伟大的诗人，一个真正伟大的诗人，是所有物种当中最没诗意的家伙。”《道林·格雷的画像》（*The Picture of Dorian Gray*）中的亨利·沃顿（Henry Wotton）勋爵如是说，从逻辑推理的角度抨击了早期浪漫主义对大诗人的看法——这个逻辑就是：假如诗是对自我的表达，而一个伟大的诗人把自己身上的优点都放进了诗里，那么他的生命就是残缺不全的了。“资质平平的诗人当然让人着迷……”亨利勋爵说。“仅仅出版过一部二流的十四行诗集，就使他魅力无穷。他在生活中实践自己写不出来的诗。另一些人则是把自己不敢去实现的东西写成诗。”[3]

接着说最后一个有关的化身的故事。那是我年轻时读到的一个科学幻想故事——想不起作者是谁了，容我好好想想。故事是这样的：一个住在公寓楼里的男人偷窥另一个房客——一个土里土气的年轻女

---

① 在关于 ouiskijek，即骗子的传说中，他惩罚自己的屁眼，因为屁眼老爱插嘴。

② BURROUGHS W S. The naked lunch. New York：Grove Press，1992.

③ WILDE. The picture of Dorian Gray：47.

子。他发现：她是外星人，每晚下班回来就会脱光衣服，躺在地上，把她的头对准另一个头，那头长在一副瘦削扁平的人形皮囊上。然后，她就一点一点钻进那副皮囊，皮囊就像水囊一样鼓了起来。原来空着的皮囊变成了那个女人，而腾空出来的那副皮囊被她卷起来摆好。一切就这样周而复始地进行着。最后，那偷窥狂忍不住管起了闲事，趁女人出门的时候拿走了皮囊，等着看好戏。女人回来后发现皮囊不翼而飞，她一筹莫展，只能绝望地安静等待。不一会儿，她熊熊燃烧了起来，烧成了碎片。没有了化身，她也活不了。

作者跟扮演他的化身的那个人之间的关系也不例外。他们交替存在。他们的头也是对接着的，相互把生命的物质倾注到对方的身体里。谁都离不开谁。拿伊萨克·迪内森关于生与死、男人与女人、富有与贫穷的论述来说，作者和与之相连的那个人是“两只锁着的箱子，里面分别存放着对方的钥匙”。①

我将借用博尔赫斯表达他两难困境的“我不知道这一页是我们中的哪一个写的”来结束本章。博尔赫斯认为，完成的文本属于等式中的“作者”一方——也就是说，它属于一个名字，一个没有身体只有作品的名字——文本则属于这动态二人组合中注定会死去的凡胎肉身一边。我们觉得他们都参与了那一页的写作——但如果是这样，是在什么时间？什么地点？最关键的时刻，即写作发生那一瞬间的本质是什么？假如我们能够捕捉到这一时刻，我们就会得到一个更清楚的答案。但我们永远捕捉不到。即便我们自己身为作家，事实上也很难留意自己在写作中的行为，因为我们的注意力必须放在写作上，而不是自己身上。

不过，有的作家偶尔也会尝试一下。下面这段话是神奇的意大利

---

① DINESEN. A consolatory tale：309.

作家兼化学家普里莫·莱维（Primo Levi）[1]《元素周期表》（*The Periodic Table*）的结尾部分。他在讨论碳原子，然后说：

> ……我就再讲一个故事，这个故事最神秘，我会恭恭敬敬地讲，因为一开始我就清楚这个主题非同小可，而它的手段很柔弱，用语言来包装事实的做法在本质上注定难逃失败。
>
> 它又出现在我们中间，在一杯牛奶里。它被嵌入一条很长很复杂的分子链中，但人体可以接受这一链条中的所有环节。它被吞进肚里，不过因为所有生命体对一切来自其他生命的东西都有一种强烈的不信任，所以链条被精心分解，碎片被逐一挑选，来决定被接收还是被拒绝。那个跟我们有关的原子经过了肠道的门槛，进入了我们的血液：不停地移动，敲门进入一个神经细胞，取代该细胞中原有的碳原子。这个细胞属于大脑，是我的大脑，是正在写作的我的大脑；而我提到的这个细胞及其内部的原子掌管着我的写作，这是一场宏大却不起眼的博弈，无人曾经描述过。就在这一瞬间，在迷魂阵般的肯定与否定中发出信号，使我的手在纸上沿着一条路径移动，上面留下了缠绕的符号：啪啪两声，一上一下，引导我的手在两个层次的能量之间在纸上留下这个句点，喏，就是这个。[2]

一个会动的原子，虽无法看见，但普遍存在，而且很神奇。我们相信它，但我们更相信普里莫·莱维的那只手的存在，因为他用的是现在时，这意味着在我们阅读的时候他就近在咫尺——这就是他用手刚刚打的那个点：《元素周期表》结尾的那个句点。当然，把这只手

---

① 普里莫·莱维（1919—1987），意大利作家和化学家，犹太人，被纳粹俘获，送至奥斯维辛集中营服苦役，他的自传体作品都是对纳粹集中营中侥幸生还者的动人描述。——译者注

② LEVI P. The periodic table. New York：Schocken Books，1984：232－233.

背后的作家当成化学元素，当成碳原子——对我们来说毕竟还是太无情了一点。

这里，我要请《镜中奇遇记》帮个忙，在论述构建交替的世界方面，这本书总是能派上用场。在故事开头，爱丽丝站在镜子的一边——姑且称之为“生活”的一边——反面的爱丽丝，也就是她的影子，那个倒过来的化身，站在镜子的另一边，或“艺术”的一边。和夏洛特夫人一样，爱丽丝酷爱照镜子：照进去的一边是“生活”，照出来的一边是“艺术”。但爱丽丝并没有砸坏镜子去追求坚实耀眼的“生活”这一面，抛弃“艺术”那一面。“艺术”的一面注定是要死去的，爱丽丝反其道而行之。她**走进**了镜子，然后就只剩下一个爱丽丝，或者说只有一个我们可以追随的爱丽丝。她没有毁掉她的化身，“真实”的爱丽丝和想象的、梦境中的、不存在的爱丽丝——合二为一了。当“生活”这一面的爱丽丝回到现实世界，她也带回了镜中世界的故事，并把故事讲给猫听。她至少不用担心没有听众这个问题了。

当然，这个类比不是很贴切，因为爱丽丝不是这个关于她的故事的作者。然而，这是我关于作家和他们令人难以琢磨的化身，以及谁是真正的写作者这个问题最好的猜测。写作的行为发生在爱丽丝穿过镜子的那一刻。在那个瞬间，作者和化身中间的玻璃障碍消失了，爱丽丝既不在镜子这一面，也不在那一面，既不是艺术这一面，也不是生活那一面，既不是有形，也不是无形，但同时又是以上全部。在那一刻，时间静止并伸展开来，作家和读者便拥有了用之不竭的时间。

第三章 献身：文笔之神

阿波罗与财神：作家该祭拜谁的祭坛？

没有任何用处的东西才是真美；一切有用的东西皆是丑陋，因为它表达了某种需求，而人的需求可耻又恶心，好比他那贫乏而虚弱的本性。

——泰奥菲尔·戈蒂耶（Théophile Gautier）①：《莫班小姐》②

我所有的一切，今夜牵于一线
等候无人能指挥的她。
我珍爱的一切——青春，自由，荣耀——
消逝在手持长笛的她面前。

看！她来了……她掀开面纱，
凝视着不安的我，安静而冷漠。
“你就是，”我问，“向但丁口述
他《地狱》（*Inferno*）诗句的那个人？”她答道：“正是。”

——安娜·阿赫玛托娃（Anna Akhmatova）③：《缪斯女神》④

……最终，他们疯狂地把你撕成碎片，

---

① 泰奥菲尔·戈蒂耶（1811—1872），法国唯美主义诗人、散文家和小说家。早年习画，后转而从文，以创作实践自己“为艺术而艺术”的主张。他选取精美的景或物，以语言、韵律精雕细镂，创造出一种独特的情趣。代表性的诗集有《阿贝都斯》《死亡的喜剧》，小说有《莫班小姐》等。——译者注

② GAUTIER T. Preface，Mademoiselle de Maupin. New York：Modern Library，1920：xxv.

③ 安娜·阿赫玛托娃（1889—1966），俄罗斯“白银时代”的代表性诗人。阿赫玛托娃为笔名，原名为安娜·安德烈耶芙娜·戈连科。阿赫玛托娃著有诗集《黄昏》《黄色的群鸟》《车前草》《安魂曲》等。她的诗体现出俄罗斯古典诗歌优美、清新、简练与和谐的传统，深受读者喜爱。——译者注

④ AKHMATOVA A. The Muse//KUNITZ S，HAYWARD M. Poems of Akhmatova. Boston：Atlantic Monthly Press，1973：79.

你的声音却在狮群和岩石徘徊，
在树林和鸟群。你仍在歌唱。

哦，你这迷路的神啊！你永不消失的痕迹啊！
只因仇恨将你撕碎抛洒
我们才成为倾听者，还有造化的那张嘴。

——里尔克（Rilke）：《献给俄耳甫斯的十四行诗》第一卷，第26首[①]

诗人放声高歌他的忧伤，而那些愚笨的傻瓜忙着剔牙齿、骑女人。可怜的小丑啊！还有比这更荒唐、更讽刺、更滑稽的吗？……诗人这一物种，会不会加入祭司、武士、英雄和圣人的行列，变成凄凉的博物馆展品，供全世界的猥琐之人意淫？

——欧文·莱顿（Irving Layton）：《太阳的红地毯》序言[②]

我说的是被我引到文学祭坛前的唯利是图的缪斯。我的孩子啊，别给自己套上轭！那可怕的驽马会一辈子牵着你的鼻子走！

——亨利·詹姆斯（Henry James）：《大师的教诲》[③]

相传，在很久很久以前，形象受到顶礼膜拜，而且享有至高无上的权威。某些词语也被赋予了这种权威，如圣灵的名字。后来，形象演变成了圣像，它们是圣灵的象征，它们并非本身有多神圣，但它们代表着神圣。再到后来，形象具有了某种寓意——暗示或代表一套观念、关系或实体，但它们从不显露真身，而是通过替身来代行权力。然后，艺术将注意力转移到了自然世界。自然世界里看不到上帝，但

① RILKE R M. "26，[But you，godlike，beautiful]，" //YOUNG D. Sonnets to orpheus，Part I. Hanover，NH：Wesleyan University Press，1987：53.

② LAYTON I. Foreword，A red carpet for the sun. Toronto：McClelland and Stewart，1959.

③ JAMES H. The lesson of the master and other stories. London：John Lehmann，1948：60.

上帝被视为万物原初的主宰，隐蔽在历史的某个角落或躲在牛顿学说的背后。后来，这种想法也烟消云散了。风景就是风景，牛就是牛，它们也许能代表思想和情感，但只有人类才具有思想和情感。上帝不再是“真实的存在”。

但是在西方世界，虽然社会不再完全受制于宗法，“真实存在”却悄然回到了艺术的王国。19 世纪，人们对艺术家角色的看法发生了转变：至 19 世纪末，艺术家的作用是去侍奉“艺术”这种神秘事物，他们的任务是在艺术品本身创造出神圣的空间。叶芝说的创立一种新宗教，建设一座充满诗意传统的教堂，不只是他一个人有此想法，他只是个典型例子罢了。在他们心目中，艺术的神圣空间非同一般的纯洁或怪异，与粗俗、拜金、平庸和世俗的社会更是相去甚远。艺术家要做自己的主宰，创造真实的存在，就像众生相信罗马天主教神父在做弥撒时能将上帝的真实存在带到眼前。多激动人心啊！

于是乎，结果必然是这样的：真正的祭司有个特征，他视金钱如粪土。这已经形成了传统，甚至是很多文化共有的传统。但在一个世风日下、一切向钱看的社会里，艺术家和他神圣的工作该何去何从，艺术家不用担心他的取暖费吗？

我在上一章谈到作家知道自己的双重身份：一个身份负责生老病死，另一个身份负责写作，变成一个名字，与作家的身体分离，但与作品牵连在一起。接下来，我打算探讨另一种对立关系——艺术与金钱的关系。套用北美那句口头禅来说，这是关乎生存的问题。这就是作家不容易之处，他们要承受文艺创作的艰辛和支付房租的双重挤压。作家该不该为金钱而写作？如果不是为了钱，又是为了什么？哪些意图是正当的，哪些动机是可被接受的？艺术的良知与资本净值的分界线在哪里？作家应该献身于什么，或者献身于谁？

你大概会这么想：提起钱的问题难免有点俗气。我也有这种想法，因为在我们这代人的眼里，虽然我们毫厘必争，但说起钱来就像揭自家的短一样难堪。但是，如今时代变了，家长里短现在成了畅销的玩意或前沿画廊里的硬货，所以尽管你觉得谈钱很庸俗，你也可能觉得这样既直接又诚实——甚至可以说是堂堂正正——因为如今一切都用金钱来衡量，不是吗？

在被埃尔莫·伦纳德解构的好莱坞惊悚片《矮子当道》（*Get Shorty*）中，电影明星和经纪人在谈论作家，他们俩都觉得作家是坐井观天的低等人物。"作家花几年的工夫写一本他自己都不知道能不能卖得掉的书。他到底是怎么想的？"电影明星说。"那还用问？想闷声发大财呗。"经纪人回答说。[①] 作家想赚钱的说法至少有个好处，就是民主，谁都能理解，而且也说得通。然而，一切关于艺术的轻描淡写的说法——比如我马上就要跟大家讲到的——在简单直接、物质至上的好莱坞世界里，就会显得不入流且虚假。

其实，不光好莱坞是这样。出版商不也时常通过透漏预付给了某作家高额的稿费的消息，期望读者更尊重某本书吗？为什么要装出人们对此毫不在意的样子？人们离开大学的课堂越久，就越会承认自己对此感兴趣。想起 1972 年，当时我沿着渥太华河谷举办个人诗歌诵读。彼时，那里还比较偏远，也没几家书店。我搭乘公共汽车，捎上自己写的书，边走边卖。由于之前在运动装备展销会上工作过，算账对我来说是小菜一碟。有一次下大雪，我就将那些书放在一架雪橇上拖着走。我所到的四个小镇，在当地人记忆中是第一次见到诗人，可以说是破天荒头一遭。朗诵会场场爆满，不是因为他们喜爱诗歌或对我情有独钟，而是因为那个星期的电影他们已经看过了。他们问得最好的两个问题是："你的头发是天生的还是做的？""你挣多少钱？"这

① LEONARD E. Get shorty. New York：Delta，Dell，1990：313.

两个问题都没有恶意，而且问得恰到好处。

关于头发的问题，我觉得是想弄清楚我那不受约束的、乱蓬蓬的头发，抑或说我那艺术家的气息或是有点疯癫的模样——在大家的心目中，女诗人的样子就应该是那样——是天生的还是刻意做出来的。至于说钱的问题，那不过是承认了人的本性：作家也有一副身体，身体里面也有个胃，作家也得吃饭不是！你可以自己有钱；可以嫁给有钱人；可以争取赞助人，比如国王、公爵或是艺术董事会；你可以去上班，也可以把自己交给市场。对作家来说，要解决钱的问题，就有这几个选择，没有更多的了。

在作家的传记中，钱的问题往往被轻描淡写地一笔带过，写传记的人似乎更热衷于作家的风流韵事、各种怪癖、毒瘾酒瘾、醉酒、疾病以及各种恶习，不一而足。然而，金钱往往具有决定性，不仅关乎作家的吃喝，也关乎作家写作的内容。不妨举一个标志性的案例，如可怜的沃尔特·司各特（Walter Scott）①，他替某合作伙伴签了一份期票，后来合作伙伴破产，司各特为了还债拼命写作，直至去世。这种背时倒灶的霉运不仅让人白天不得安生，就连睡着的时候也会噩梦连连。作家只好昏天黑地伏案写作，逼着自己提高产量，不管自己想不想写，也不管写出来的东西好不好。作家俨然成了写作奴隶，过着炼狱般的生活。

即使作家没有替人签署期票，隐患仍然不少。就拿出版行业举例，出版社是不会做亏本买卖的。“我们不卖书，我们卖的是解决市场营销问题的方法。”某出版商如是说。我们都听说过，某作家的第

① 沃尔特·司各特（1771—1832），英国著名历史小说家和诗人，他以苏格兰为背景的诗歌十分有名，而后转行开始写作历史小说，终成英语历史文学的一代鼻祖。在他死后，浪漫主义也随之走向结束。司各特一生信守承诺，甚至不接受好心的债主免除自己的债务，拼命写作还债。——译者注

一本小说卖得不好，他接着又写了第二本。“这要是第一本该多好，我或许还能把它卖出去。”经纪人叹着气说。这件事说明：不是出版社不愿下赌注，而是越来越多的出版社只愿赌一次。像当初（管它是哪个“当初”呢）麦克斯威尔·柏金斯（Maxwell Perkins）[1] 那样的出版商，愿意在作者身上投资并承受三番五次的失败，坚持等到作者取得重大突破，那样的好日子是一去不复返了。现如今：

> 写书能赚大钱的人，
> 明天才有机会接着写。[2]

假如你一定要端文学这个饭碗，却又卖不出你的下一本小说，而且连一份服务员的工作也找不到，你还可以申请文学资助，前提得是你能挤掉成千上万的申请者。你还可以应聘文学创作的教学岗位，不过竞争仍然异常激烈。如果你刚刚出过书，或出的书行情很好，不妨去国际作家节闯一闯，也可以来一次令人生畏、绵延 20 个城市的售书活动，或者做一场报纸访谈。这些东西可都是新鲜玩意。

实在不行，你还可以当个枪手，也可以在互联网上发表自己的作品。如果真到了山穷水尽的地步，还有最后一招——用笔名来写作。笔名可以使你的小说**看起来**像处女作，尽管它并不是。文学这片土地可谓危机四伏。不，文学的世界更像是一台机器，是齿轮与齿轮的绞杀。

在我 16 岁发现自己是个作家时，我压根没有考虑过钱的事情。不过没多久，钱就成了我的头等大事。等到 17 岁、18 岁、19 岁慢慢

---

① 麦克斯威尔·柏金斯（1884—1947）是查尔斯·斯克里布纳父子出版社（Charles Scribners & Sons Publishing）的总编辑。他是重视培养作家的编辑典型代表，出版过海明威、菲茨杰拉德和托马斯·沃尔夫（Thomas Wolfe）的作品。沃尔夫的《你不能再回家》（*You Can't Go Home Again*，1941）中的福克斯霍尔·爱德华兹（Foxhall Edwards）据说就是以他为原型。

② 改述自有名的“既会战斗又会逃命的人，才有机会继续战斗”。

搞清楚了状况，我更加焦虑了。我该靠什么过活？我是在经济大萧条的年代长大的，按照现在的说法，我应该能够对自己的财务状况负责，也能够养活我自己。对于这一点，我还是有信心的，毕竟天无绝人之路嘛。但当时我还不知道，一个想靠作家职业在这个世界上生存的年轻人会遇到什么样的危险，不知有多少力量会使我希望破灭。

我上大学前从未读过任何关于作家以及描写作家生活的只言片语，进了大学才一头栽进西里尔·康诺利的《承诺之敌》（*Enemies of Promise*）。这本书 1938 年出了第一版，又及时出了新版。真是不看不知道，一看吓一跳。[①] 这本书罗列了许多可能发生在作家身上的倒霉事，使他——假设的**他**——写不出最好的作品来。这些倒霉的事不仅包括会榨干你写作才华的新闻写作，还包括作品获得成功、过分投入政治活动、囊中羞涩，以及成为同性恋者。在西里尔·康诺利生活的年代和我那个年代，文学资助项目还是个稀奇宝贝，因此在他眼里，为了养活自己，作家最有效的做法是娶一个有钱的女人。对我来说，这个方法是指望不上的，而康诺利认为其他途径都不安全。

我从来没有想过自己能够通过写作来赚钱，或者说就我所能从事的写作类型而言，是不可能赚到钱的。不过，当时我还不用过多担忧作品的销售问题。首先，当时我的作品以诗歌为主。我说得够明白了吧。说到别的——“别的”指的是小说——我之前已经提到过了，每个人都逃不过他所处的时代和地域背景，而我所处的背景是 20 世纪 50 年代的加拿大。如今一切都不同了，在我们国家，受人欢迎的年轻小说家轻轻松松就可以拿到十数万的预付稿酬，而在当时你想都别想。在那个年代，加拿大只有少数几个出版社，而且这几个出版社靠代理进口书籍和销售教材吃饭。他们不愿意冒险，因为市场对本土作

---

① CONNOLLY C. Enemies of promise. Harmondsworth, Middlesex: Penguin, 1961.

品的需求不大。殖民地思维还很流行，意思是艺术的“天堂”应该在其他地方，比如伦敦、巴黎或纽约。如果你是个加拿大作家，在国人眼里你比外国作家不仅低人一等，还更可怜、可悲又做作。温德汉·刘易斯（Wyndham Lewis）大战期间住在多伦多，当地一个有钱的女人问他住在哪里，听到他的回答，那女人说：“刘易斯先生，那个地方不够时髦呀。”作家答道：“夫人，多伦多也不够时髦啊。”在我开始写作的时候也不够时髦。假如你想当一个严肃的作家，你就得纯粹为了艺术而创作，因为你不可能既搞到钱又搞好艺术创作。

20岁时，我结识了一些搞写作的人，但他们谁都不指望靠写作来过日子。哪怕是想从文学的流水席上分到一点残羹冷炙，你都必须在国外出书，这意味着你得写出让国外出版社青睐的作品来。毋庸讳言，国外的出版社对加拿大提不起多大兴趣。人们仍然赞同伏尔泰对加拿大不留情面的评价——“几英亩雪地罢了”[①]。詹姆斯·乔伊斯（James Joyce）那句掷地有声、连珠炮似的口号“沉默，放逐，以及精明”[②] 很能唤起意气风发的加拿大作家的同感，特别是“放逐”这部分。

如此一来，我这一代的作家只好接受命运的安排，不得已只能专心致志搞创作了，但我们丝毫没有深究过这一立场的历史缘由和形象问题。如果我们探究过，我们也许会庆幸自己远离财神的诱惑：在有些作家眼里，尽管金钱是生活的必需，但必然使人滋生邪念，至少对艺术家而言是这样。艺术家最好待在小阁楼里挨饿，饿出想象力来。然而，要活下去，你多少得有点门道——如果可以继承遗产就最好不

---

① 原文为法语“*quelques arpents de neige*”，是18世纪作家伏尔泰作品的语录之一，在这些作品中，伏尔泰嘲讽加拿大，认为加拿大对18世纪的法国没有经济价值和战略重要性。——译者注

② JOYCE J. A portrait of the artist as a young man. New York：Penguin，1993：241.

过了，这样你就不用四处求人，摧眉折腰了。但如果你为了钱而写作，或者只消有人认为你为钱而写作，立马就会有人把你打入娼妓那一路货色。

时至今日，一些地方的人仍然持这种想法。现在我的耳朵里还回响着巴黎那个读书人不屑的腔调："你真的写出了畅销书？""我也没想到。"当时，我略带羞涩地回答。我那样回答也是出于某种戒心，因为我和他一样清楚艺术和金钱的利害关系，也对两种类型的势利眼了然于胸：一种把书的价值归因于好卖，另一种认为不好卖的书才有价值。对于心无杂念，只想成为真正的作家、成为某种艺术家的年轻作家而言，不知该如何是好，尤其当社会普遍认同尤多拉·韦尔蒂（Eudora Welty）的"化石人"（The Petrified Man）的观点——"如果你真的那么聪明，怎么还没发大财？"[①] 时，作家要么贫穷而真诚，要么富有且唯利是图，钻到钱眼里去了。神话就是这样说的。

其实，刘易斯·海德（Lewis Hyde）在他的《禀赋：想象力与财产的情色生命》（*The Gift：Imagination and the Erotic Life of Property*）[②] 中就已明确指出，一切试图用金钱来衡量文学的价值的做法都是胡搅蛮缠。契诃夫从写作的一开始就是完全为了赚钱养活贫穷的一家子，不是为了别的原因。这使他蒙羞了吗？莎士比亚的大部分戏剧是舞台剧，他心里想的自然是如何让观众喜欢。查尔斯·狄更斯开始写作后，马上辞去了原来的工作，就靠一支笔讨生活。简·奥斯汀和艾米莉·勃朗特（Emily Brontë）虽然不指望靠笔杆过日子，但也不会介意多赚点稿费。但你不能拿金钱这个因素来评判这些作家的优

---

① WELTY E. The petrified man//Selected stories of Eudora Welty. New York：The Modern Library，1943：55.

② HYDE L. The gift：imagination and the erotic life of property. New York：Vintage，Random House，1979，1983.

劣高低。

然而，诚如海德所言，任何称得上艺术之作的诗歌或者小说，靠的不是市场交易的价值，而是艺术才华，艺术才华有其迥异的工作原理。艺术才华无法称重，也无法丈量，更买不到。艺术才华不是说有就有的，也不能按需供应。艺术才华是被赋予的，没被赋予就没有。根据神学的说法，艺术才华是一种恩泽，源于完美的存在。一个人可以祈求才华，但祈求不见得能奏效。如果可以靠祈求获得才华，那么作家一辈子都不会有烦心事了。写一部小说可能要一分的灵感和九分的努力，但作品要成为艺术，那一分灵感是万万不可少的。（虽然诗歌对灵感和努力的比例要求不同，但仍然需要两者的配合。）

文学价值和金钱的排列组合方式有四种：能赚钱的好书、能赚钱的劣书、不赚钱的好书、不赚钱的劣书。就这四种组合，每一种都有可能出现。

海德还说过，对严肃的艺术家而言，明智的做法是找一位经纪人，来调和艺术和金钱的矛盾。这样，艺术家就不必亲自出马，去操持既伤面子又玷污自己身份的讨价还价，这样他就可以保持一段适当的距离，保持意图的单纯和心灵的纯正，让更有商业头脑的人在房间里对他的作品讨价还价。

缺了这层保护的艺术家，就必须在灵魂深处画一条严格的界线。于是乎，艺术家既要有世俗的一面，也要对与世俗无关的艺术问题持敬畏之心。[①] 一面要把金钱的事务打理好，另一面要把艺术摆在最高位置。伊萨克·迪内森的短篇小说《暴风雨》（*Tempests*）中有段话

---

① 原文为“It is a case of rendering unto Caesar what is his, and then paying your respects to the other one-or the other ones-who are in charge of non-Caesarly artistic affairs.”作者援引《圣经》新约中的“Render unto Caesar the things that are Caesar's, and unto God the things that are God's.”即“恺撒的物当归给恺撒，神的物当归给神”，意为各得其所，得其应得的。这句话的背景是不满耶稣教义的人提出问题为难耶稣，即如何处理宗教与世俗政权的关系，耶稣做出上述回答。——译者注

颇为有用，描述了一个狡猾的老演员兼剧场制作人：

> 索伦森先生天生就有种双重人格……甚或说他的人格当中有魔性的一面，但他自己努力与之和谐共存。他既是头脑清醒、精于算计又不知疲倦的生意人，就连后脑勺都长了眼睛，灵敏的鼻子嗅得出赚钱的机会，同时又持一种完全实事求是、漠不关心的人生态度……他还恭顺地侍奉自己的艺术，做庙堂里谦卑的老祭司，心中印刻着“主啊，我不配”……索伦森先生偶尔被描述为……寡廉鲜耻的投机分子。但他与众神的关系，简直如处女般贞洁。[①]

我想请大家留意其中两个意味深长的句子：“庙堂里谦卑的老祭司”和“主啊，我不配”[②]。令人好奇的是：到底是什么庙堂？索伦森先生口中的主又是谁？他没有为赚钱而牺牲艺术，但他以谦卑的老祭司身份所侍奉的“主”究竟是谁呢？我们强烈怀疑那不是耶稣。

伊萨克·迪内森能够娴熟运用如此饱含深意的语言，跟她长期艰苦勤奋的斗争是分不开的。她的斗争不仅涉足 19 世纪的知识、美学以及灵魂这类高尚的领域，还涵盖脚底下泥泞的沼泽。在 20 世纪的头十年，她在巴黎学艺术，对这种斗争所涉及的问题一定不会陌生。参与其中的一方认为艺术应具有超越艺术本身的价值，比如达到教化的目的，或起码要能提高道德修养，或者挽救社会风气，最起码也要激励人心，实在不行，至少也要给人乐观向上的健康心态；另一方则声称艺术是独立的，根本不需要考虑任何社会正当性。这场斗争还没有结束，一旦出现公共基金被拿去资助诸如瓶装尿液、死牛或杀人犯图片这类艺术展，必定战火重燃。既然任何类型的艺术

---

① DINESEN I. “Tempests” //Anecdotes of destiny. London：Penguin，1958：72.

② “主啊，我不配。”《马太福音》第八章第 8 节。

家——包括作家——的所作所为多少都会受到他认为自己应该做什么、不得做什么的影响，我们不妨简要梳理一下这场论战究竟有何不同凡响之处。

这场战争刚打响的时候，只有权威的宗教一贯宣称自己几乎完全不受外在的评判：它保有订立道德准则的权力，除了自己制定出来的准则外，它不受任何其他准则的制约。那么，追求纯粹艺术的领袖们是否渴望与宗教等同的地位呢？毋庸赘言，是的。难道这不会被视为亵渎神明吗？当然会了。在双方争得不可开交的时刻，如果想当诗人，可能就得当被诅咒的诗人。他可以桀骜不驯，但铁定要下地狱，就好比莫扎特歌剧中的唐乔凡尼（他在19世纪受到顶礼膜拜，而在18世纪却没有如此地位），又或像拜伦、波德莱尔、兰波（Rimbaud）、斯温伯恩（Swinburne），凡此种种。

在被诅咒的命运中依然存在某些高贵的东西：不管招致多大的谴责，你始终不放弃自己的立场，就算下地狱也在所不惜。也许还可以从中悟出更高深的真理：维多利亚时代的人崇尚更高深的真理，所以如果你打算参与战斗，最好为自己找到一条更高深的真理。假如要把这论断大声说出来，大概是这样的：

“真理必叫你们得以自由。”① 耶稣说。“美即是真理，真理即是美。”② 约翰·济慈说。根据三段论法则，如果真理即是美，而真理会让你自由，那么美也就会让你自由。既然我们崇尚自由，或者自浪漫主义时期开启大加颂扬自由的先河，我们就断断续续崇尚自由，那么我们就应该义无反顾地崇拜美。还有什么比艺术更能彰显美——广义的美——的呢？照此思路推论，得出的结论是：即便美

---

① 《约翰福音》第八章第32节。

② 参见 KEATS J. Ode on a grecian urn//BUSH D. Selected poems and letters. Cambridge，MA：Riverside Press，1959。

偏离了道德的维度，其反而证明了美的道德性。如果艺术家唯一的目标不是为了追求完美的艺术表现，还能指望他或她有什么正当的目标呢?①

丁尼生（Tennyson）刚开始写作生涯时就问过自己这个问题，他写了一首稍显老套的诗，曰《艺术之宫殿》。②

> 我为自己的灵魂造了宏伟的安乐窝，
> 让它逍遥地栖居。
> 我说："噢，灵魂，尽情欢乐，开怀畅饮，
> 亲爱的灵魂，因为这是个好去处。"

这是诗的开篇。作者接下来列举了用于安乐窝内部装饰的各种艺术品清单，如道林·格雷喜爱的藏品或亨利·詹姆斯笔下那些靠不住的美学家的收藏，但这还远远不够。艺术的宫殿是一座迷人的建筑，里面满是精美的陶器，还有金色的喷泉、希腊雕塑等让人灵感迸发的玩意儿。但灵魂不能住在里面。如果灵魂住在里面，就会过分与世隔绝，显得自私，且过于清寂；再说，灵魂已经把艺术当作了神明，所以盲目崇拜就是有罪的。"我端坐如同上帝，不需要任何信条，"她说，"但一切尽在思量中。"因此，她因自己如"毒蛇般的自傲"③ 而愧疚不已，这是最不可饶恕的罪过，随即陷入不可自拔的绝望。

作为艺术家，尤其是诗人艺术家，他的灵魂必须融入人群，对丁

---

① 关于这一论战确切而简练的论述，参阅亨利·詹姆斯 1884 年出版的短篇《〈拜尔特拉菲奥〉的作者》(*The Author of Beltraffio*)。另见本书第四章。

② ALFRED, TENNYSON L. The palace of art//WOODS G B, HAMILTON J. Poetry of the victorian period. Chicago: Scott, Foresman, 1930, 1955.

③ 这是丁尼生《艺术之宫殿》诗中的一句："她的自傲蛇一样掉头咬自己"。古代西方人认为，蝎子被火围困时会蜇自己，以此象征良心的不安。此处以蛇代替蝎子，意指"她本以与世隔绝而骄傲，现在却深感懊悔"。——译者注

尼生而言这始终意味着不能高高在上，因为爱——无论是对一个人还是对所有人的爱——一定不是高高在上的。这首诗里的艺术宫殿不被拒绝，也不被摧毁，但一定要有人性：

> 于是等到那四年完全过去，
> 她丢掉身上的衮服，
> “替我在山谷里建座小屋，”她说，
> “让我在那里哀伤和祈祷。”
> “但不要推倒我那些宫殿高楼，
> 它们建得那么精致、那么美丽；
> 也许我会带着人回来，
> 等我把罪过洗清。”①

只要你来到凡间，经历凡尘俗世，受尽磨难，弥补了自己的罪过，也许就可以搬回宫殿，还可以带上其他人，这样就能把艺术的宫殿变成——可以说是国家艺术画廊呢。

一个时代的艺术见解，到了下一个时代就成了陈词滥调。我还记得20世纪50年代的两首流行歌曲，一首催促我走出象牙塔，放心去恋爱，另一首唱给一个叫蒙娜丽莎的女子，问她是否温暖而真实，还是只是冰冷、孤独、美丽的艺术品而已。艺术是冰冷的，生命是温暖的，这是定理，跟济慈同名诗中的那只古希腊陶器截然相反——诗中说陶器上的时间停滞了，陶器上描绘的罪恶场景也停留在了最激烈的一刻，而观看陶器的人却会变老、变冷。（这只古希腊的陶器颠倒了生与死、冷与热，恰好是《道林·格雷的画像》② 的再造。）

---

① ALFRED，TENNYSON L. The palace of art//WOODS G B，HAMILTON J. Poetry of the victorian period. Chicago：Scott，Foresman，1930，1955.

② WILDE O. The picture of Dorian Gray. Ware，Hertfordshire：Wordsworth Editions，1992.

19 世纪，人们对什么是艺术的恰当功能进行了激烈的辩论，但所有试图使艺术委身于某个有用的目的，或证明它具有此目的的做法——甚至包括诸如拉斯金（Ruskin）[①] 和马修·阿诺德（Natthew Arnold）[②] 这般热爱艺术的人的种种努力——都以失败而告终，因为他们的所作所为与审查制度无异。假如美即是真理，而真理会让你自由，是不是有一种真理应当被压制？有，丑陋的真理，或者一切对你有害的真理，这就是约翰·拉斯金（John Ruskin）毁掉了特纳（Turner）的许多色情画作的原因。那些宣扬艺术对社会有用的人，会把不雅的东西遮盖起来，就像教皇在反宗教改革期间把西斯廷教堂里米开朗基罗[③]所作壁画上颤颤悠悠的乳房和男人的下体遮盖起来一样。

需要删除的不光是跟性爱有关的东西，还包括煽动性的政治观点、对宗教的批判、过度的暴力和有辱斯文的东西，如此等等。当然，被删掉最多的还是涉及性爱的东西，那个年代的小说家深知有些东西无法出版，因为印刷厂根本不接这样的活。因此，拿现在的话来说，只有愿意铤而走险的人才能成为艺术英雄。

---

① 约翰·拉斯金（John Ruskin，又译作约翰·罗斯金，1819—1900），英国作家、艺术家、艺术评论家和哲学家。1843 年，他因《现代画家》（*Modern Painters*）一书而成名，他在该书中高度赞扬了威廉·特纳（J. M. W. Turner）的绘画创作，前后总共创作 39 卷，使他成为维多利亚时代艺术趣味的代言人。——译者注

② 马修·阿诺德（1822—1888），英国诗人、评论家，曾任牛津大学诗学教授。主张诗要反映时代的要求，需有追求道德和智力“解放”的精神。代表作有《评论一集》《评论二集》《文化与无政府主义》，诗歌《郡莱布和罗斯托》《吉卜赛学者》《色希斯》和《多佛滩》等。——译者注

③ 米开朗基罗·博那罗蒂（1475—1564），又译“米开朗琪罗”，意大利文艺复兴时期伟大的绘画家、雕塑家、建筑师和诗人，文艺复兴时期雕塑艺术最高峰的代表，与拉斐尔和达·芬奇并称为文艺复兴后三杰。1508 年，教皇朱利奥二世要求米开朗基罗为梵蒂冈西斯廷教堂绘制穹顶画。米开朗基罗历经四年零五个月呕心沥血的艰苦创作，完成了传世巨作穹顶画《创世纪》。——译者注

有些作家铤而走险过了头，跟当局者发生了正面冲突。“福楼拜是第一个献身于（我是完全从‘献身’这个词的本义来说的）创作纯粹美学散文作品的人。”[①] 博尔赫斯说。福楼拜是庙堂里的另一个祭司，而且是自动献身的祭司，投身于纯粹的美学，因此自然而然地成了艺术与道德目的论战中的嫌疑犯。他因《包法利夫人》（*Madame Bovary*）而受审，让自己身处不得不遵循敌人的游戏规则的不利境地，即他得证明这本书有益于道德健康。他辩称此书确实有益于道德健康，因为包法利夫人正是由于通奸而死得很惨。（严格来说并不确切——要不是她愚蠢到纵欲无度，她本来是可以逃过一劫的。）

审查员和格兰迪斯太太（Mrs. Grundys）们辛苦了好几十年，他们苦心孤诣，把詹姆斯·乔伊斯的《尤利西斯》（*Ulysses*）变成了禁书，但这些社会的顶梁柱执着的虚伪加剧了艺术家的反抗。反抗最激烈的艺术家有亨利·米勒[②]和威廉·巴勒斯[③]：这不是敢于做不可能的梦的事情，而是敢于印不可印的书。这样的纷纷扰扰持续了很长时间。我读本科时，《查泰莱夫人的情人》（*Lady Chatterley's Lover*）仍被加拿大法院判为禁书，亨利·米勒的《北回归线》（*Tropic of Cancer*）只能靠走私进入加拿大。

---

① BORGES J L，ALLEN E. Flaubert and his exemplary destiny//WEINBERGER E. The total library：non-fiction 1922－1986. London：Allen Lane，Penguin Press，1999：392.

② 亨利·米勒（1891—1980），美国作家。《北回归线》写他在大萧条阴影笼罩下在巴黎勉强糊口的生活。《南回归线》描写早期纽约的情景。他的《在玫瑰色十字架上受刑》三部曲，由《性》《神经》和《关系》组成，于1965年出版。两部《回归线》在美国出版后曾被指控为淫书，1964年最高法院否决了州法院的裁决。——译者注

③ 威廉·巴勒斯（1914—1997），美国作家，与艾伦·金斯伯格及杰克·凯鲁亚克同为“垮掉的一代”文学运动的创始者。巴勒斯被誉为美国后现代主义创作的先驱之一，作品颇丰，其代表作品有：具有浓厚自传色彩的《贩毒者》、在美国招惹审判风波的《赤裸的午餐》、60年代使用剪裁手法的实验三部曲《软机器》《爆炸的票》《新星快车》、70年代的《野孩子》《终结者》《圣人港》及80年代的另一三部曲《红色夜幕下的城市》《死路之处》《西部土地》，等等。其中，《赤裸的午餐》最为人所知。——译者注

在 20 世纪 50 年代末的社会背景下，在药店柜台购买避孕药品是不可能的；如果你是未婚女性，根本就不能买；堕胎是办不到的，除非去别的国家做，或者只能在家里的餐桌上偷偷把胎儿打掉。我第一次读到海明威的《白象似的群山》（*Hills Like White Elephants*）时，根本不知道那对男女在交头接耳些什么。女性卫生用品不能打广告，也不能说出名称，使那个时期的广告无比超现实。我印象特别深刻的一则广告是：一名身穿希腊式白色晚礼服的女子，站在大理石台阶上凝望大海，她的下方写着“摩黛丝[①]……因为”（Modess…Because）。**因为什么呢？**小时候，我百思不得其解。到现在做梦我都还会梦到这个问题。

还是言归正传，继续谈艺术论战的话题吧！“为了纯粹的艺术”是泰奥菲尔·戈蒂耶（Théophile Gautier）高举的旗帜上一个奇怪的徽标[②]，它藐视社会利益、个人修养、道义真诚等，并最终成为一种信条，在投身艺术的人中间流行开来。到 19 世纪末，语不惊人死不休的奥斯卡·王尔德（Oscar Wilde）做出下面的宣言，在别人眼里也没什么骇人听闻的了：

> 人的道德生活是艺术家创作主题的一部分……艺术家没有伦理上的同情心。艺术家如在伦理上有所同情，那是不可原谅的矫揉造作。艺术家从来都不是病态的。邪恶与美德是艺术家艺术创作的素材。……一个人做了无用的东西，只要他视若至宝，也可宽宥。一切艺术都是毫无用处的。[③]

---

① 摩黛丝（Modess）是 1896 年开始在美国进行商业生产的一款卫生巾，1926 年开始由强生公司生产。摩黛丝以广告取胜，1948—1976 年的广告词是“Modess… Because.”。这则广告词利用了人们羞于谈论月经或女性卫生用品的心理，于是寄情于“Modess”这个读音接近“modesty”的单词，蕴含“端庄”之意。——译者注

② 有着奇怪徽标的旗帜出自朗费罗（Long fellow）的诗《攀》（*Excelsior*），漫画家詹姆斯·瑟伯（James Thurber）的配图更使其如虎添翼。

③ WILDE Preface，Dorian Gray：3 - 4.

那么，是什么样的人会制造这些没有用却值得热爱的东西呢？即这些东西本身就有值得热爱之处，因为爱默生（Emerson）说过，“美就是其自身存在的理由”①，就像上帝也有其存在的理由。“艺术家是美好事物的创造者。”王尔德说。“艺术的宗旨是展示艺术，同时把艺术家隐藏起来。”② 与浪漫主义时期彰显自我的天才艺术家相去甚远，当今的艺术家应不求闻达，耐得住寂寞，致力于自己的创作。前面提到的詹姆斯·乔伊斯连珠炮似的口号：“沉默，放逐，以及精明”，主张的是一种苦行僧式的和道明会修道士般的自我牺牲精神。在乔伊斯看来，作为艺术家的作家，理应是“想象力的主宰”③。

艺术属于抽象的事物。然而，说到主宰，就意味着上帝的存在：没有上帝，便说不上主宰。假如艺术要成为上帝，或者需要个上帝，那会是哪种上帝呢？伊丽莎白·芭蕾特·布朗宁（Elizabeth Barrett Browning）在1860年写的《乐器》（*A Musical Instrument*）这首诗里给出了一种答案。当时关于艺术的论战激战正酣，但支持纯粹艺术的一方还未获得决定性的优势。请君欣赏：

1.
他在做什么，那大神潘恩（Pan），
在河边的芦苇丛中？
是在蔓延毁灭，散播咒语，
用羊蹄踩得水花飞溅，
扰乱了漂浮水面的金色睡莲
和那只水面上翩飞的蜻蜓。

---

① EMERSON R W. The Rhodora//COOK R L. Ralph Waldo Emerson: selected prose and poetry. New York: Rinehart, 1950: 370.

② WILDE. Preface, Dorian Gray: 3.

③ JOYCE. Portrait of the artist: 215.

2.

他拔出一根芦苇，那大神潘恩，
从那幽深清凉的河床；
清澈的河水变得浑浊，
折断的睡莲将要枯死，
那蜻蜓慌忙逃离，
就在他把芦苇从河里拔起之际。

3.

坐在高高的岸上，那大神潘恩，
河水浑浊地流动；
大神挥舞冰冷坚硬的钢刀，
削砍着那痛苦的苇草，
直到它不剩一点叶子，
来证明它刚被从河里拔出。

4.

他把芦苇截短，那大神潘恩，
(那刚刚还高高挺立的芦苇啊!)
再不紧不慢从苇秆取出芦芯，
就像把一个人的心脏掏出，
然后把那干枯空洞的可怜苇秆
刻出小孔，就在他坐在河边之际。

5.

“妙哉，”那大神潘恩笑了
(他坐在河边笑意盈盈)，
“从众神开始创造美妙乐音的那一天起，
唯有如此方可成功。”

然后，他把嘴对准苇秆的一孔，
在河边用力吹奏。
6.
美啊，美啊，真美，哦潘恩！
河边的美妙乐声划破苍穹！
美得炫目，哦大神潘恩！
山头的太阳忘了西沉，
睡莲死而复生，还有那蜻蜓，
飞回河面坠入梦乡。
7.
然而大神潘恩一半是野兽，
他面带笑容坐在河边，
把一个人变成诗人；
真神们为这代价和痛苦而叹息——
因为那根芦苇再也不能，
像其他芦苇一样长在河里。①

或者，如 D. H. 劳伦斯（D. H. Lawrence）稍晚所说："不是我，不是我，而是从我身体里吹过的那阵风。"② 又如里尔克（Rainer Maria Rilke）③

① BROWNING E B. A musical instrument//BROWN E K, BAILEY J O. victorian poetry, second edition. New York: Ronald Press, 1962.

② LAWRENCE D H. Song of a man who has come through//Look we have come through! . New York: B. W. Huebsc, 1920.

③ 里尔克（1875—1926），原名勒内·马利亚·里尔克（Rene Maria Rilke），德裔奥地利诗人，童年生活不幸，受到的教育并不完整，尔后在欧洲漂泊一生。其作品《献给俄耳甫斯的十四行诗》是为悼念一名少女之死而写的 55 首组诗，表达了对死亡、再生以及诗歌本身的思考。——译者注

在献给俄耳甫斯（Orpheus）[①] 的第三首十四行诗中所写：

……歌曲就是存在。上帝是轻易的存在。但
我们存在于何时？上帝又是何时将
地球和繁星倾注于我们的存在？是
我们爱上彼此的时候吗？那不过是你年轻时的想法；
其实不然，尽管声音逼着你张嘴，
——最好忘掉你以前如何歌唱。那种歌声不长久。
真正的歌唱要用不一样的呼吸。
那是无形的呼吸。上帝身上的一片涟漪。一丝风。[②]

在芭蕾特·布朗宁的诗中，诗人是演奏美妙乐章的乐器。但诗人并非自愿演奏音乐。首先，是神挑选了他。神使他与同伴分离，从此不能与他们为伍。其次，他被完全改变了。他的心被掏走，变得中空、干瘪、空洞。他只能靠灵感演奏音乐——他只是神的一件乐器。不仅如此，这个神还有点凶残：潘恩半神半兽，他的下半身是兽形。大神潘恩的眼里只有音乐，全然不在乎那个被他掏空的诗人，而且可以想象，演奏完之后，诗人就会像根被折断的芦苇那样，被残忍地抛弃。诗中还有别的神——“真正的神”，他们关心诗人付出的代价和所受的痛苦，但我们怀疑他们是糟糕的乐手。艺术不会因为你心怀好意而获得美学的加分。虽然来自异教的艺术之神心狠手辣，甚至只是个象征——一个假神，但你不能否认他的确很在行。因此，如果你渴望艺术——美丽的艺术——那就得信奉这个神，把好恶摆在一边。

① 根据古希腊神话，古希腊的色雷斯有个著名的诗人与歌手叫俄耳甫斯，他的父亲是太阳、畜牧、音乐之神阿波罗，母亲是司管文艺的缪斯女神卡利俄帕。这样的身世使他生来便具有非凡的艺术才能。俄耳甫斯凭着他的音乐天赋，在英雄的队伍里建立了卓越的功绩。——译者注

② RILKE. 3 [A god can do it. But tell me how] //Sonnets to Orpheus, Part I: 7.

这种类型的艺术之神残忍又自私，表面上是一副维多利亚式的道貌岸然，其实代表着19世纪末20世纪初炽热的唯美主义。诚如芭蕾特·布朗宁诗中所言，代表高雅艺术的神要拿活人献祭。如果艺术是宗教，艺术家是宗教的祭司，那么艺术家也必须有所牺牲。他们必须牺牲自己身上有人性的东西，首当其冲得牺牲心脏。跟祭司一样，他们必须六根清净，不食人间烟火，以便更完美地侍奉他们的神。

“在美的事物中发现美的含义的人，是有教养的。”奥斯卡·王尔德以此为自己的书辩护。“这种人有希望。认为美的作品仅仅意味着美的人才是上帝的选民。”①②这是基督教的语言——希望是获得救赎的希望，而“上帝的选民”就是注定获得救赎的人。他们是一小群门下信徒，被挑选出来的极少数，要来拯救其他大多数。

但在上帝的选民中，总有人免不了以身殉道。而成为艺术家不一定是你自己的选择——往往是艺术之神垂青于你，并不是你选择要侍奉神。因此，艺术事业蒙上了一层在劫难逃的悲剧气息。“我们风华正茂的诗人欣然动笔，”华兹华斯（Wordsworth）说，“到头来却是消沉和疯癫。”③ 想想弗兰茨·卡夫卡的小说《绝食艺术家》（*A Fasting Artist*）。这位绝食艺术家对艺术鞠躬尽瘁。他行为怪异：把自己关在笼子里，忍饥挨饿，像极了古时候自我折磨的禁欲基督徒。刚开始，他吸引了众多的眼球：蜂拥而至的人向他投来惊叹的目光。后来，风向变了，到卡夫卡时代，为艺术而艺术的潮流不再受到大众的追捧，绝食艺术家的下场很凄惨，沦落到身处马戏团动物围栏一个被

① WILDE. Preface，Dorian Gray：3.

② 基督教所说的“上帝的选民”，是指凡是信仰上帝的，就是“上帝的选民”。——译者注

③ WORDSWOKTH W. Resolution and Independence//stanza 7//GILL S，WU D. William Wordsworth：selected poetry. Oxford University Press，1998.

人遗忘的角落，人们忘了他还待在笼子里。最后，人们清理笼里的烂稻草，才发现了奄奄一息的他。接下来的故事是这样的：

> “我一直希望你们欣赏我的绝食表演”，绝食艺术家说。“我们确实很欣赏啊”，管理员附和着说。“但你们不应该欣赏”，绝食艺术家说。“那好吧，我们就不欣赏了。”管理员说，“但为什么不应该欣赏呢？”“因为我非绝食不可，我忍不住”，绝食艺术家说。“你爱怎么样就怎么样吧”，管理员说。“为什么你忍不住？”“因为，”绝食艺术家说……“我一直没有找到我喜欢的养分。相信我，如果找得到的话，我肯定不会添乱，一定会像你和其他人一样乖乖吃我的饭。”这成了他的遗言……①

绝食艺术家的饥饿跟圣人的饥饿一样，渴求的都是不属于这个世界的食物。从这一点来说，他是崇高的。但他也很荒唐，因为他老套而不合时宜。艺术之神选中绝食艺术家做他的信徒，但卡夫卡笔下的结局是怪胎秀和弗洛伊德式强迫行为的合体。

只要数一数艺术祭坛下的尸体，就会发现人数甚众。到了乔治·吉辛（George Gissing）1891 年出版《新寒士街》（*New Grub Street*）时，作家们已经把自己和自己的活动视为适于谈论的话题，由此诞生了大量的——而且持续增长的——作家谈论他们写作的书。《新寒士街》主要写了三个作家。第一个是下流的贾斯珀·米尔文（Jasper Milvain），一个彻头彻尾的拜金者，他写作只为了赚钱，没有半点心思成为想象力的祭司。他说自己“天生不是写小说的料”——“实在可惜，写小说能赚大钱。”② 和世间的恶人一样，他发达了。第二个是埃德温·里尔登（Edwin Reardon），他有天分、有悟性，对自己

---

① KAFKA F. A fasting-artist//PASLEY M. The transformation and other stories. London：Penguin 1992：219.

② GISSING G，TAYLOR E J. New Grub Street. London：Everyman，1997：7.

高标准严要求，凭借文学上的小小成就，娶了个一心只在乎社会地位的妻子。然而，妻子对金钱的渴望使他不堪重负。最终，他灵感枯竭。对一个作家而言，这可是文学史上所能遭受到的最大的痛苦了。等他到了山穷水尽时，妻子抛弃了他。后来，他就病死了。第三个是可怜的哈罗德·比芬（Harold Biffen），他像福楼拜一样勤于耕耘，费尽心血写出了《杂货店主贝利》（*Mr. Bailey, Grocer*）这部现实主义小说。这部小说是个败笔，书评人说它“装腔作势，了无新意”[①]。但比芬却拿《撒克逊劫后英雄略》（*Ivanhoe*）中的“人只能竭尽所能”来为自己辩护。“作品完成了，而且是他竭尽所能做到最好的作品，让他很满意。”最终，他希望破灭，穷困潦倒，选择自杀。他死得很安详——“死的时候进入他脑海的都是关于美好事物的想法；时光倒流，他又回到了从前的生活，回到现实主义文学的使命还未压在他的肩上之前……”[②] 啊，那命中注定的使命。很多人受到召唤，但被选中的人为数不多，而在那为数不多的人当中，又会有一些殉道者。

如果说男性艺术家的牺牲是情理之中的，女性艺术家是不是得做出更大的牺牲？到底是什么使我们不得不怀疑，霍桑（Nathaniel Hawthorne）的同名小说[③]中受尽惩罚和唾骂的海丝特·白兰胸前那奇怪的刺绣红字，不仅代表了奸妇（Adulteress），还代表了艺术家（Artist），甚至作者（Author）？扮演伟大艺术家的男人理应享受人

---

① GISSING G, TAYLOR E J. New grub street. London: Everyman, 1997: 452.

② 同①459.

③ 纳撒尼尔·霍桑（1804—1864），美国心理分析小说的开创者，也是美国文学史上首位写作短篇小说的作家，被称为美国19世纪最伟大的浪漫主义小说家。此处的同名小说指的是《红字》（*The Scarlet Letter*），小说的女主角海丝特犯下了基督教“十戒”中的一戒，即通奸罪，为清教的教义所不容。她被投入监狱，法庭判她有罪，令她在刑台上站立三个小时当众受辱，并终身佩戴一个红色的字母A（英文奸妇Adulteress的第一个字母）作为惩戒。——译者注

生，这是他投身艺术的应有之义，享受人生不外乎就是美酒佳酿、美人相伴和夜夜笙歌。但如果女作家也去享受美酒和男人，很可能被当作酒鬼和淫妇，所以她只能与笙歌为伴了，而且最好是天鹅的哀鸣之歌（swan song）。[①] 结婚对普通女人来说是天经地义，而对女艺术家来说则是离经叛道。男艺术家可以在创作之余娶妻生子，只要他能够处理好两者的关系——在詹姆斯、康诺利等看来，这种希望很渺茫。但对女人而言，结婚生子才是正道。所以，为了扫清障碍，走上艺术的道路，女艺术家必须彻底放弃这条人生正道。

在前面提到的伊萨克·迪内森那部小说中，即将在索伦森先生创作并扮演普洛斯彼罗的《暴风雨》中扮演爱丽儿的年轻女演员玛莉（Malli）就是如此。为了追求艺术，玛莉忍着极大的痛苦，不得不放弃七情六欲、人间烟火。“我们会得到什么回报?”她很理智地问索伦森先生。“我们的回报，”他说，“就是世界对我们的不信任，以及无尽的孤独。仅此而已。”[②]

真够凄凉的，但还有可能雪上加霜。就好比《道林·格雷的画像》中的年轻女演员西比尔·范恩（Sibyl Vane），取了这样一个名字，她还有什么指望?[③] 还有奥菲利亚（Ophelia）的妹妹夏洛特夫人，她是19世纪在笙歌中垂死的女性艺术家的原型，她的话被西比尔奉为经典。西比尔爱上了一个男人，由于她爱上了生活而不是艺术，遭到艺术之神的惩罚，才华尽失。“没有了艺术，你一文不值。”说罢，道林也抛弃了她。最终，可怜的西比尔变得空洞干瘪、一无所

---

① Swan song，天鹅之歌，西方古老传说认为天鹅临死前会发出哀婉动听的歌声。——译者注

② DINESEN. Tempests//Anccdotes：145－146.

③ “西比尔”是阿波罗（Apollo）钟爱的女先知，但不招人喜爱，最终沦落到一只瓶子里；范恩源自“风向标”（weathervane）一词，与“虚荣”（vanity）、“徒劳”（in vain）同音。

有，形同折断的芦苇，自杀是她唯一的选择？

在女演员莎拉·伯恩哈特（Sarah Bernhardt）躺在她的棺材里让人拍照的那一刻，她一定很清楚自己这样做意味着什么。如此恋尸表演和黑色挽幛的搭配有绝佳的效果，公众需要而且能够理解的女艺术家形象正是如此：像个半死不活的修女。

1950年代末，当我憧憬着成为一个女诗人时，那种认为艺术家必须有所牺牲的观念已深入人心。这种观念蔓延到了妇女从事的所有职业，但艺术行业更严重，因为这个行业要求更完整的牺牲。你不可能在当妻子和母亲的同时还当艺术家，因为这三者都需要全身心的投入。作为庆祝生日的福利，我们九岁时都被大人带去看过《红菱艳》（*The Red Shoes*）这部电影，也都记得深受艺术和爱情折磨的莫伊拉·希勒（Moira Shearer）卧轨自杀的那一幕。爱情和婚姻往这头拉，艺术往另一头拽，而且艺术具有某种魔力，它会使你停不下舞步，一直跳到死。艺术会进入你的身体并完全占据你，再把你摧毁。要不它就干脆让你连一个普通女人也做不成。

但也不至于你当不了想象力的修女就会一无是处。带有女性意识的祭司身兼修女和女祭司的双重身份，所以你可以选择，而且这种选择是有差别的：基督教没有女祭司，所以“女祭司”这个词隐含某种异教徒的甚至狂欢纵欲的含义。修女接触不到男人，女祭司则不然，当然女祭司跟男人的关系通常不是我们想象的那般寻常。

我是在罗伯特·格雷夫斯（Robert Graves）的《白色女神》（*The White Goddess*）[①] 中初次接触到“艺术的女祭司”这个说法的，书中声称女人若要成为真正的诗人，就得扮演“噩梦般虽死犹生的三重女神”（Nightmare Life-in-Death Triple Goddess）；而且作为女神的

---

① GRAVES R. The white goddess：a historical grammar of poetic myth. London：Faber and Faber，1952：431.

祭司，要把男人像虫子一样踩在脚下，畅饮他们的鲜血。[①] 我是19岁左右时读到这本书的，那时我刚刚在“消费者煤气公司持家小姐比赛”中获得亚军，这个念头真令人沮丧：我压根儿不觉得畅饮自己男朋友的血是星期六晚上幽会时的好节目。够土气吧？但我就是这样一个人。不过，格雷夫斯倒是提醒了我，让我不禁怀疑自己是否真的适合从艺。

当我翻阅乔治·艾略特[②] 1876年的小说《丹尼尔·德隆达》（*Daniel Deronda*）时，更加重了我对自己的怀疑。男主角丹尼尔的母亲是位出色的歌剧演员。在丹尼尔两岁时，他就被送给了别人，部分原因是他母亲不想为了养育孩子而妨碍艺术追求。她备受仰慕，但她父亲的威严管教使她冷漠无情，对男人有一种征服欲，恨不得把脚踩在他们脖子上。她声称自己不是什么怪物，但描写她的语言使我们不得不认为她是。她“不怎么像人的母亲，而是‘梅卢西纳’”——一半是女人，一半是蛇身。[③]

“看着她，”艾略特说，丹尼尔感觉到了“一种内心兴奋的骚动，仿佛看见她经历某种奇怪的宗教仪式，使罪行变得神圣起来”[④]。我们不难猜到那是什么宗教，何况我们已经知道她把所有情感都投入了艺术，的确是“分身无术”[⑤]。她身上还有些人性的东西，因为她也会受苦，但她受的最大的苦是抛弃艺术，而非抛弃她的孩子。放弃歌唱是一宗违逆她自己的宗教——艺术的宗教——的罪，所以她受到

---

① 出自 COLERDGE S T. The rime of the ancient mariner//The rime of the ancient mariner and other poems. New York：Dover，1992。转引自罗伯特·格雷夫斯。

② 乔治·艾略特（1819—1880），英国作家。原名玛丽·安·伊万斯（Mary Ann Evans），19世纪英语文学最有影响力的小说家之一，与萨克雷、狄更斯、勃朗特姐妹齐名。——译者注

③ ELIOT G. Daniel Deronda. Oxford University Press，1988：536.

④ 同③537。

⑤ 同③543。

惩罚。

丹尼尔的母亲也被称为女巫师，和致命的女人仅一步之遥，这类女人在19世纪末期的文学作品中随处可见。那个时代人们最喜闻乐见的人物之一是莎乐美（Salomé），我是小时候在边跳绳边唱的童谣里得知她的名字的：**莎乐美爱跳舞，扭扭屁股扭扭腰，她扭扭屁股扭扭腰，衣服穿得少少少。**在艺术层面，有福楼拜的短篇小说《莎乐美》，奥斯卡·王尔德的戏剧《莎乐美》，理查德·施特劳斯（Richard Strauss）的歌剧《莎乐美》，以及许多绘画作品。T. S. 艾略特诗中的阿尔弗雷德·普鲁弗洛克（Alfred Prufrock）想象自己的头颅被放在大盘子上端出，也是受到了她的启发。艺术家们为何对它如此钟情呢？因为莎乐美这个人物的身上集中了致命的女人和女性艺术家的特质。她精湛的舞艺让观者神魂颠倒，但她任由自己的艺术被别人许诺的奖赏玷污，先是希律王（Herod）许诺，只要她肯跳舞，可以给她任何赏赐。还有一些说法是，后来她对施洗者约翰（John the Baptist）的肉欲加剧了她的堕落：如果她不能完整地拥有他，至少要得到他的人头。最终——至少在王尔德和施特劳斯笔下——她因过于堕落而被处死，也有可能是因为她揭下了第七层面纱，不确定究竟是哪一个原因。

说来奇怪，1960年我协助编辑学院文学杂志时，很多年轻女性投稿的诗歌都是写莎乐美的。诗中流露出某种恐惧，生怕从事艺术会使与自己发生性关系的男人倒霉丧命，某天早上醒来在盘子上看见他的人头。我不免觉得这颇有点弗洛伊德的味道：活跃过头或聪明过头的女人一掀开面纱，男人就失去身体的某一部位。

那十年正值菲利普·威利（Phillip Wylie）的《毒蛇的诞生》（*Generation of Vipers*）将全世界的弊病归咎于“母权崇拜”，而这又延续了在当时仍然非常有影响力的19世纪传统——担心女人阉割男性。欧文·莱顿在他1958年出版的小说集《太阳的红地毯》（*A Red Carpet for the Sun*）的前言中写道：

> 在我看来，现代女性扮演愤怒女神的角色，只想着阉割男性；文明这种邪恶力量促使男人承担的创造性启示作用变得多余，甚至是危险的，还令人厌烦。我们在变得女人气的同时也变得无所依从。这真是一个令大众妇女蒙羞的年代，无处不受到她的品位的主导……酒神已死……①

对刚刚18岁、一心想当诗人的我来说，听到这种言论让我有一种怪怪的感觉。时隔多年，我终于明白其中的种种混合隐喻——愤怒女神通常瞄上的是犯了弑母之罪的男人，而疯狂阉割男人和诗人俄耳甫斯的狂女迈那德斯（Maenads）②，并非杀死酒神的人，而是酒神的崇拜者。不过这似乎不会让那个年代的男性诗人对女人以及她们可能的阉割狂热多一点安全感。

女性作家有时也会跟这种神话站在一起。既然有这样一个名号，何不加入游戏？想象力的修女和想象力的女祭司到头来都可能在艺术祭坛下过着半死不活的日子，但不同之处是女祭司会顺手捎带个替死鬼。“我吞食男人就像呼吸空气。”（I eat men like air.）在西尔维娅·普拉斯（Sylivia Plath）③ 的《拉撒路夫人》（*Lady Lazarus*）这首诗中，那个藐视死亡、拥抱死亡，披着一头女巫红色长发的拉撒路夫人这样说道，她也因此在此传统领域赢得了一席之地。

到我小有名气的时候，女作家——尤其是女诗人的种种不利之处

---

① FOREWORD L. A red carpet for the sun.

② 迈那德斯，古希腊神话中侍奉酒神狄奥尼索斯的女性，传说是她杀死了俄耳甫斯。——译者注

③ 西尔维娅·普拉斯（1932—1963），是继艾米莉·狄金森和伊丽莎白·毕肖普之后最重要的美国女诗人。——译者注

已然众所周知。杰梅茵·格里尔（Germaine Greer）① 在《破烂的西比尔斯》（*Slip-Shod Sibyls*）② 中细致入微地讲述了18世纪末到20世纪中期女诗人们可悲的写作生涯和经常不得好死的下场。隐居的艾米莉·狄金森（Emily Dickinson）③、透过裹尸布上的虫蛀小孔审视人生的克里斯蒂娜·吉奥尔吉娜·罗塞蒂（Christina Georgina Rossetti）④、吸毒成瘾且厌食的伊丽莎白·芭蕾特·布朗宁⑤、自杀的夏洛特·缪（Charlotte Mew）⑥、自杀的西尔维娅·普拉斯，安妮·塞克斯顿（Anne Sexton）⑦ 也是自杀。"那喷涌的鲜血就是诗，"西尔维

---

① 杰梅茵·格里尔（1939— ），西方著名的女权主义作家、思想家，近代女权主义先驱，她和美国的贝蒂·弗里丹是20世纪六七十年代西方女权运动的两面旗帜，其代表作《女太监》名列西方七大女性主义著作之一，深深地影响了西方知识女性的思想和生活。已出版作品有：《女太监》《完整的女人》《障碍种族》《性与命运》《疯女人的内衣》《莎士比亚》《爸爸，我们几乎都不认识你》《变化》以及《破烂的西比尔斯》。——译者注

② GREER G. Slip-Shod Sibyls：recognition，rejection and the woman poet. London：Penguin，1995.

③ 艾米莉·狄金森（1830—1886），美国传奇诗人，从25岁开始弃绝社交，闭门不出，在孤独中埋头写诗30年，留下诗稿1 700余首。狄金森的诗主要写生活情趣、自然、生命、信仰、友谊、爱情。狄金森被视为20世纪现代主义诗歌的先驱之一。——译者注

④ 克里斯蒂娜·吉奥尔吉娜·罗塞蒂（1830—1894），英国诗人，在题材范围和作品质量方面均为最重要的英国女诗人之一。她的诗表现出一种双重的自相矛盾的感情，一方面表达感官上的审美情趣，另一方面又含有神秘圣洁的宗教信仰。——译者注

⑤ 伊丽莎白·芭蕾特·布朗宁（1806—1861），又称勃朗宁夫人或白朗宁夫人，是英国维多利亚时代最受人尊敬的诗人之一。15岁时，她骑马跌损了脊椎，从此下肢瘫痪达24年。她的作品涉及广泛的议题和思想，对艾米莉·狄金森、爱伦·坡等人都有影响。——译者注

⑥ 夏洛特·缪（1869—1928），英国女诗人，其作品跨越维多利亚诗风和现代主义。——译者注

⑦ 安妮·塞克斯顿（1928—1974），美国著名自白派女诗人，现代妇女解放运动的先驱之一。1967年，她凭诗集《生或死》获得普利策奖。生前曾患有精神病，诗歌创作起初是心理医师教给她的一种精神康复手段。她的诗敏锐、坦诚、有力，充满着不可思议的视野和意象。1974年，她自杀身亡。——译者注

娅·普拉斯在她自杀十天前写道，“鲜血止不住地流淌。”[①] 难道这就是想象力的女祭司命中注定的下场——地板上的一摊血？

注定死亡的女艺术家其实并没有死，她们成了小说家们尤其热衷探究的主题。A. S. 拜厄特（A. S. Byatt）[②] 的小说《占有》（*Possession*）为那个放弃人间烟火的女诗人这一人物增加了复杂的变化；而在卡罗尔·希尔兹（Carol Shields）[③] 的小说《斯旺》（*Swann*）中，这种变化愈加邪恶，献身艺术的女诗人被她的丈夫谋害，因为他受不了妻子另有所爱。然而，这两部小说的背景一部是在过去，另一部则是在偏远的乡村。除非将女艺术家塑造成自我毁灭、吸毒成瘾、荒淫无度、名震寰宇的摇滚歌星——萨尔曼·鲁西迪（Salman Rushdie）[④] 在他的新书《她脚下的大地》（*The Ground Beneath Her Feet*）中就是这样做的——不然今天很难让这种垂死的天鹅般的形象符合当代的口味，女艺术家的形象也无法像过去那样完全直截了当地进行塑造。

然而，我开始写作的时候，这种观念仍然足够直截了当。好像自杀是女作家的职业描述中自然包含的内容，所以在我出版两本没产生多大影响的诗集后，别人一本正经地问我什么时候自杀，而不是会不

---

① PLATH S. “Kindness”, February 1963, The collected poems. New York: Harper and Row, 1981: 269 - 270.

② A. S. 拜厄特，全名安东尼娅·苏珊·拜厄特（Antonia Susan Byatt, 1936—　），正式头衔为安东尼娅·苏珊·达菲女勋爵（Dame Antonia Susan Duffy, DBE）。英国小说家、诗人和文学批评家，布克奖得主，2008 年被《泰晤士报》评为 1945 年以来英国 50 名最伟大的作家之一。——译者注

③ 卡罗尔·希尔兹（1935—　），当代加拿大极负盛名的作家之一。出版过两本诗集、两部短篇小说及近十部长篇小说，其中多部作品获普利策奖、布克奖和奥林奇奖等文学奖项。主要作品有《斯通家史札记》《斯旺》等。——译者注

④ 萨尔曼·鲁西迪（1947—　），出生于印度孟买，中文名又译为萨尔曼·拉什迪，14 岁移居英国读书。其作品风格被归为魔幻写实主义，作品显示出东西方文化的双重影响。1981 年出版代表作品《午夜之子》，获得布克奖，并在 2008 年被评为“布克奖 40 周年最佳作品”。2007 年，因在文学上的成就，被英女王册封为爵士。2008 年入选《泰晤士报》评选的“1945 年以来 50 位最伟大的英国作家”榜单，排名第 13 位。——译者注

会自杀。除非你愿意拿生命去冒险——或者彻底置性命于不顾——否则别人不会真正把你当女诗人看待。神话里就是这样规定的。还好我除了写诗也写小说。虽然自杀的小说家也大有人在，不过我确实觉得写写诗歌之外的文字可以抵消那种危险。毋宁说，盘子上多了些肉和土豆，少了些砍下来的人头。

嗯，当今的女作家更有可能被视为：既不是修女，也不是放浪形骸的女祭司；既不是太无人性，也不是太有人性。尽管如此，神话仍然威力不小，因为关于女人的种种神话仍然具有力量。迈那德斯和太阳神殿的女祭司在一旁随时等候着，或者说她们那空空的戏服正等着有人去穿上，而最有可能把她们重新召唤出来的就是“为了纯粹的艺术”这一信条。

我在第一章谈到了作家身上所背负的各种各样的期待和焦虑。在本章中，我探讨了其中的部分内容，就是摈弃金钱这类世俗价值，完全献身艺术，也探讨了与这种献身相关联的牺牲。

然而，当你避开了追求纯粹艺术这条道路上“路窄门狭”[①] 的泥沼，却走上了另一条打着“关注社会现实”[②] 的招牌的道路，结局又会如何呢？最终结局会不会是加入一场讨论会？如果是，这场讨论会是不是在地狱举行？但如果你不“关注社会现实”，那你写的东西会不会成为艺术殿堂里装点镀金扶手椅的小方巾？很有可能。

---

① 原文“narrow is the road and strait is the gate”，源自《马太福音》第七章第13、14节：“Enter ye in at the strait gate：for wide is the gate，and broad is the way，that leadeth to destruction，and many there be which go in thereat：Because strait is the gate，and narrow is the way，which leadeth unto life，and few there be that find it.”意为“你们要进窄门。因为引到灭亡，那门是大的，路是宽的，进去的人也多；引到永生，那门是小的，路是窄的，找着的人也少。”作者借此隐喻艺术家的两难处境。——译者注

② 出自 BUNYAN J，SHARROCK R. The pilgrim's progress. London：Penguin，1965，1987。

第四章

诱惑：普洛斯彼罗、奥兹国巫师、梅菲斯特这些人

是谁挥舞魔杖、操纵木偶，或与魔鬼签订协议？

魔鬼又带他上了一座最高的山，将世上的万国与万国的荣华都指给他看；

对他说："你若俯伏拜我，我就把这一切都赐给你。"

——《马太福音》第四章第8～9节

一个人要想在任何一门艺术里获得成功，都须有魔鬼附体才行。

——伏尔泰①

这个宫廷弄臣真是奢侈！

——伏尔泰：《腓特烈大帝》(*Frederick the Great*)②

我希望你们不要问我这一切有何意义或道德寓意。我自认我是小说家中的历史学家，我唯一的任务就是冷静地去探寻故事的理据。小说家则必须……装出谦和的高贵，就像一个操纵提线的戏偶师傅一样，并应有牧师一样的态度。

——莫里斯·休利特（Maurice Hewlett）：《森林爱人》(*The Forest Lovers*)③

……诗人不能只是一个诗人，他必须是一个道德上的冒牌医生。

——伊迪丝·西特维尔（Edith Sitwell）④

---

① Voltaire，转引自 Nancy Mitford 的 *Voltaire in Love*（London：Hamish Hamilton，1957：174）。

② 同①160。

③ HEWLETT M. The forest lovers. London：Macmillan 1899：2.

④ Edith Sitwell，转引自 Victoria Glendinning 的 *Edith Sitwell*（London：Phoenix，1981：140）。

……如果我们放眼历史上的作家们，就会发现他们都具有政治性……不让一个作家了解政治，无异于无视他天性中重要的一部分。

——西里尔·康诺利：《承诺之敌》(*Enemies of Promise*)①

有些人，自视甚高，
他们总是渴望找到内涵丰富的词语，
参加聚会，胸戴别针，不时炮制一个消息，
赢取听众和会议大厅的关注。
在口技师的膝盖上，他们拥有的
只是他们被宠幸的才华的颜料和画板。

——A. M. 克莱因：《风景画一样的诗人肖像》(*Portrait of the Poet as Landscape*)②

他没法像他支配人的逻辑和观念那样支配自然元素，真遗憾……

如果最后没有成功，魔术师会为人类的困境叹息——神秘尊严的丧失，同时他自己也丧失了表演收入；如果最后成功了，魔术师会敏锐而有所克制地接受它，密切关注实际的效果。或者，如果他是一个无比诚恳的魔术师，极其重视魔术这一技艺，而且对魔术的真正力量充满敬畏，那么他会因为他的观众迷对他的热爱而深鞠一躬。

——格温多琳·麦克尤恩③：《魔术师朱利安》(*Julian the Magician*)④

我在上一章中说过，神像曾是神，但这句话的推论可能是：神曾是神像。我们知道，有些神会吃，有些神会说话，而有些神体内有熔

---

① CONNOLLY C. Enemies of promise. London：Penguin，1961：109.

② KLEIN A M. Portrait of the poet as landscape//The rocking chair and other poems. Toronto：Ryerson Press，1966：53.

③ 格温多琳·麦克尤恩（1941—1987），加拿大小说家、诗人，一生写了 26 本书。——译者注

④ MACEWEN G. Julian the magician. Toronto：Macmillan，1963：6.

炉，因而孩童成了他们的祭物。工匠制造了神像，牧师则像是木偶戏背后的操纵者。

这些神像——《圣经·旧约》中被先知谴责和嘲讽的神的塑像——本身是冰冷、坚硬而呆滞的，然而他们对于19世纪后半叶那些为艺术而艺术的作家们却有着极大的吸引力。它们是艺术品，可能还是有半个生命的偶像，就像梅里美（Prosper Mérimée）① 的著名小说《岛上维纳斯》（*Vénus de l'Isle*）中将其爱人碾死的岛上维纳斯，或是福楼拜残酷、俗丽的《萨朗波》（*Salammbô*）中那个凶险的女神。艺术家和他们的潜在消费者之间剧烈冲突的背景与偶像崇拜有关。如果离开人类社会的需求，那么对所谓的“假神”——包括假艺术之神和假美神——的崇拜，不就不再是中性的，而是对邪恶的崇拜了吗？那么，作家将会为他的艺术感到多么愧疚！

面对这样的问题，几乎没有哪个作家比亨利·詹姆斯更感焦虑。1909年，他出版了《大师的教诲》（*The Lesson of the Master*），里面收录了一些他在19世纪90年代为《黄杂志》（*The Yellow Book*）撰写的小说。这是一本唯美主义运动②的杂志，而詹姆斯对这个运动极其反感。这本书里的每一篇小说讲述的都是一个或多个作家的故事，比如：一个年长作家教育一个年轻作家要忘我地、虔诚地投身艺术，要过禁欲的生活，而自己却娶了年轻作家心仪的女孩；一个优秀但不知名的作家最后被一个不理解他艺术的社交圈子所发掘，并将他“捧为名人”，结果却害死了这位作家；一个真正追求艺术但穷困潦倒的作家渴望名利而不得，而一个有名有钱的通俗女作家却一心想追求在

---

① 普罗斯佩·梅里美（1803—1870），法国剧作家、历史学家、考古学家和短篇小说家，歌剧《卡门》就是根据他的一篇小说改编的。——译者注

② 唯美主义运动（Aesthetic Movement），19世纪晚期在欧洲兴起的艺术运动，其理念是艺术只为本身之美而存在。——译者注

大众市场失败的作家那种艺术威望；有一个大师级的作家，没有人弄明白过他艺术的核心秘诀；一个声名显赫的作家，结果却证明是一个骗子。对于他写的这些故事，詹姆斯一方面感到不安，另一方面却乐在其中。这些故事在本质上都体现出福楼拜式的对“当一名作家”的复杂态度，它们共同构成了当时被认可的作家智慧。

詹姆斯还有一个故事，完全可以被归入这一类小说中，即发表于1884年的《〈拜尔特拉菲奥〉的作者》（*The Author of Beltraffio*）。但这个故事整体来说要比其他故事阴暗得多。一位名叫马克·安比安特［Marc Ambient，马克（Marc）可能是Marcus Aurelius的缩写，而安比安特（Ambient）则可能取自“周围的光”（*ambient glow*）］的大作家创作了一部杰作——一部名为《拜尔特拉菲奥》的小说，这部小说相当于“美学的战壕”。马克·安比安特住在一座迷人的“缩小版的艺术宫殿”里，他有一个可爱的小儿子，但也有一个“心胸狭窄的、冷酷的、信奉加尔文教义的妻子，她是个极其严苛的卫道士”。她很鄙夷丈夫对美的热爱，认为他的作品是邪恶的。她对他是如此厌恶，甚至尽量让儿子远离父亲，害怕儿子长大后会读他父亲的作品并被其腐蚀。小说以戏谑的口吻写道，她认为艺术应该有一个“正当目的”。这在那些一心追求“艺术真理”的作家看来，是多么异端的观点啊！

表面上看，追求完美的安比安特可能是詹姆斯本人艺术观中“好艺术家”的化身，安比安特的妻子则象征着让人反感的呆板的庸俗主义。但这仅仅是表面现象：亨利·詹姆斯的骨子里有很多美国清教徒的特质，他不可能做一个不理会道德的唯美主义者。马克·安比安特将“所有的生命”都看作他艺术的“塑造材料”，而他的这种艺术让人怀疑。他这样说：

> 这个新的故事必须是一个金瓶子，里面装的都是从现实中提

> 取出来的最纯的精华。于是，这个瓶子的打造，金属材料的锤锻，都让我担心！我必须把瓶子锻造得极其精致、极其光滑……我总是小心翼翼，使瓶中的液体一滴不漏！①

此处也许援用了希腊古瓮的典故，但在这个语境中，它象征的不仅是《年轻艺术家的肖像》(*Portrait of the Artist as a Young Man*) 结尾所呼吁的那种代达罗斯 (Daedalus)② 式的能工巧匠，更是懂得提取精华的炼金师。他下如此大的功夫，是要打造怎样的一个容器？又想用它装什么？是装长生不老药，还是装献祭的血？

根据《〈拜尔特拉菲奥〉的作者》的结尾，我们猜想瓶子是用来装献祭的血的，因为代表“艺术家”的丈夫和代表“社会”的妻子最后将夹在他们中间的孩子残忍杀死。安比安特的杰作《拜尔特拉菲奥》(*Beltraffio*) 书名本身已经暗示：孩子的事并不全是妻子的责任；牺牲他的，不仅仅是刻薄狭隘的“传统道德”这尊偶像，也是镀了金的“艺术”这尊偶像。“Beltraffio”是一个虚构的词，它不像是一个地名，不管是在意大利语里还是其他语言里。但值得一提的是：在意大利语里，“tra”意为“在……中间”，“fio”意为“惩罚”，“bel”则是“漂亮”之意；但意大利语中的“Belzebù”一词指的是“Beelzebub”，即“魔鬼”，它与古代中东的“贝尔斯”(“Bels”或“Baals”) 这类名字具有相同的词源，叫这些名字的人在《圣经》中经常被逐出教门。小说中写道，安比安特的妻子临死之前翻阅了“黑色的《拜尔特拉菲奥》”。我们只能希望，她的灵魂没有因为阅读此书而被摧毁，因为在西方文学传统里，黑色的书只有一个主人。

---

① JAMES H. The author of *Beltraffio*//The cage and other tales. London: Rupert Hart-Davis, 1958: 56.

② 代达罗斯，希腊神话中曾为克里特国王弥诺斯 (Minos) 建造迷宫的建筑师、雕刻家和发明家，后造出翅膀与其子伊卡洛斯 (Icarus) 飞离该岛。——译者注

至于他们的儿子，如果艺术与社会之间能相互妥协，他或许能幸存下来；但这种妥协会是什么样子的呢？这个问题一定曾让詹姆斯夜不能寐。

在上一章，我谈到了一些围绕作家作为艺术家这一身份的比较夸张的神话，它们把作家当作具有自我奉献精神的、一心宣扬想象力的祭司，专心服务于严苛的甚至可能会毁灭他们的“为艺术而艺术”这一“教派”。如果一个作家将自己定位在这个框架之内，那他就会把投身艺术当作他的职责，把创作完美作品作为他追求的目标。实际上，如果你多少认同这种对艺术理想的忠诚，那么，就像乔治·艾略特的小说《丹尼尔·德隆达》中的音乐家克莱斯莫（Klesmer）对那个世俗女孩格温德琳·哈雷斯（Gwendolen Harleth）所说的，你不可能摆脱平庸，也许终究是个“彻头彻尾的无足轻重之辈”[①]。任何一门艺术都是一种修行——它也是一门技艺，但从宗教的意义上讲，它也是一种修行：彻夜不眠的等待、强烈的精神空虚感以及自我否定都是艺术修行的一部分。

但这些考虑的只是艺术家与艺术的关系，那么艺术家和外界——我们所谓的“社会”——的关系如何呢？关于这一问题，我们听过很多格言，比如“笔强于剑”[②]；诗人是不被认可的世界“立法者”[③]。

这样说可能有点夸张，特别是在这个有着原子弹和互联网，很多物种正在从地球上迅速消失的时代。但还是让我们假设一下：作家所写的文字并非存在于我们所谓的“文学”这座园子的围墙之内，而是真正进入墙外的世界，去产生影响和效果。因此，我们是不是应该开

① ELIOT G. Daniel Deronda. Oxford University Press，1988：224.

② BULWER-LYTTON B E. Richelieu，Act I，Scene ii. London：Saunders and Otley，1839：39.

③ SHELLY P B. A defense of poetry Shelley's poetry and prose：authoritative texts，criticism. New York：Norton，1977：508.

始谈论道德、责任以及其他诸如此类的作家们——宣扬想象力的祭司们——所厌烦的、认为他们有权忽视的话题呢？

但是，让我们再来认真思考一下“祭司”这个词。祭司不仅是个礼拜者，还要执行一定的仪式，难道不是吗？他还是民众的牧师，是上帝和普罗大众的中间人，难道不是吗？乔伊斯笔下的斯蒂芬·代达罗斯决心要“在我的心灵这个‘铁匠铺’里锻造出我族未被创造的良心”①。“良心”是一个道德意味很重的词。如果作家有这种力量，让我们想一想如何运用这种力量吧——不仅从这种力量运用者（作家）的角度，也从这种力量的接受者（我们读者）的角度。

没有人比作家自己更讨厌作家。对作家最恶毒、最具侮辱性的刻画——不管是对个别作家的刻画，还是对作家这一类人的刻画——均出现在作家自己的作品里。但同样，没有人比作家自己更喜欢作家。“自大狂”和“偏执狂”都是作家揽镜自照所看到的形象。浮士德式的作家对镜自照看到的是华而不实的、邪恶的超人梅菲斯特菲利斯（Mephistopheles）——魔法大师、他人命运的主宰者，对他来说，别人都是系着线由他控制的木偶，或是内心秘密被掌握在他手里的傻子；梅菲斯特菲利斯式的作家如果对镜自照，则看到的是瑟瑟发抖的可悲的浮士德——渴望永驻的青春、美妙的性爱和数不尽的财富，并可悲地、虚妄地坚信，他只要在纸上信笔而写，幼稚地玩弄一番文字，就能像变戏法一样变出这些渴望的东西来，而且还自负地称之为“艺术”。

20世纪的作家基本上都被“自己无足轻重”这一念头所困扰。最普遍的情形不是雪莱笔下能够影响世界的大诗人，而是T.S.艾略特笔下踌躇不定的J.阿尔弗雷德·普鲁弗洛克。把作家形象塑造成

---

① JOYCE J. A portrait of the artist as a young man. New York: Penguin, 1993: 247.

令人讨厌、妒火攻心、小肚鸡肠或蠢不可及的书多不胜数。下面的文字摘引自唐·德里罗（Don De Lillo）的《毛二世》（*Mao Ⅱ*），描写了一个陷入困境的怪诞作家。一个编辑正向一位作家形容自己的工作：

> “在多年的快乐时光里，我时常听作家们精彩的抱怨。最成功的作家反而最喜欢抱怨……我在想，成就了一流作家的特质是否也造成了他们独到而众多的抱怨？是作家的怨愤产生了写作，还是写作导致了作家的怨愤？……让人煎熬的孤独时光，无眠的夜晚，烦恼和痛苦的白天，哀怨，叹息……”
>
> “你每天和这些满腹牢骚的作家打交道，一定很辛苦吧？”作家说。
>
> “没有，很容易。我会带他们去大饭店。我说，呸呸呸，只管喝喝喝。我告诉他们，他们的书在连锁书店卖得很好，读者蜂拥购买。我会逗得他们嗤嗤地笑……我告诉他们，有人想把他们的书改编成电视剧，有人想将其做成有声书，白宫都想买一本收藏。”①

下面的引文摘自梅维斯·迦兰的短篇小说《一件痛苦的事》（*A Painful Affair*），当法国作家格里佩（Grippes）说想要搬到伦敦去住时，英国作家普利斯姆（Prism）写信劝他不要去：

> 普利斯姆写道，在巴黎，格里佩在外表上会被认为是一个时尚的业余作家。没有人会说他趋炎附势，至少不会当着他的面说。相反，格里佩似乎年纪轻轻就已经混入了巴黎文艺圈的中上阶层。格里佩可以看到挂在奥斯曼大道百货大楼里的机织外套和羊绒外套，也可以看到五千法郎一件的定制手工外套。英国的社

---

① LILLO D D. *Mao Ⅱ*. New York：Penguin，1991：101.

会地位标志与巴黎迥异，格里佩在英国可能会被误认为是拉皮条的或是贩毒者，从而在公交车上被人开枪打死。①

普利斯姆和格里佩都很虚荣，都对自己的名声很敏感，都用想象出来的最琐碎之事鄙视对方，想把对方比下去。马丁·艾米斯（Martin Amis）的小说《信息》（*The Information*）以及很多其他小说中都有类似角色，比如，大卫·福斯特·华莱士（David Foster Wallace）最近的小说集《丑人采访录》（*Brief Interviews with Hideous Men*）中就有很多这样的“作家”角色。作家为什么会讨厌自己？也许是继承自浪漫主义派文学传统的“作家”形象和现实之间的反差所致。那些已逝的辉煌作家、文学巨匠将会怎么看待这些软弱不堪的后代呢？

下面这两段引文是 A. M. 克莱因所描写的现代诗人默默无闻的可悲处境：

> 我们只知道，他已经从我们的现实社会销声匿迹；
> 他已经无足轻重，只见于一些重要的统计数据中——
> 也许是某人的匿名投票，以奚落盖洛普民意调查，
> 他是政府统计图表里的一个点——
> 已经感觉不到他的存在，他与盛名更是遥不可及。
> 在喧嚣的乌合之众中，某人在叹息。
>
> 唉，那个曾经用他的诗卷展现我们的文化的人，
> 他的诗句曾被王子引用，引来震撼讲台的呼声，
> 以一个名字清晰讲述天堂，
> 以另一个名字讲述九重天。

① GALLANT M. A painful affair//The selected short stories of mavis gallant. Toronto：McClelland and Stewart，1996：835.

诗人若真的存在，也只是一个数据，是个 X，
是酒店登记簿里的某某先生——
隐姓埋名，迷茫，被时间遗忘。[1]

（遭受这种精神痛苦的人往往是男作家。女作家没有被包括在浪漫主义作家之列，也不会被贴上“天才”的标签；事实上，“天才”和“女人”这两个词在我们的语言里不能搭在一起，因为人们认为男“天才”会有的怪诞行径若出现在女人身上，那么人们只会给她贴上“疯子”的标签。人们用“有才华”和“伟大”来形容天才女作家。然而，即使女作家真的影响了他们所生活的社会，她们也不会承认自己有这样的勃勃野心。今天的女作家并不感觉力量有所削弱或在世界舞台上地位下降，反而可能会认为她们比过去的女作家做得更好，因此即便把她们和史上著名的女作家相比较，她们也不会觉得太过渺小。）

下面，我要谈谈作家除了作为“为艺术而艺术”的崇高身份之外的某些方面，以及这些方面可能给作家造成的自我认同危机。我想谈的其中一方面是艺术、金钱和权力相交汇的那个奇怪的点；另一个与此相关的方面是我们所谓的“道德责任”或“社会责任”。其他人能够对作家产生的影响（可能决定他写出什么样的作品），我们可称其为“金钱与权力”；而作家能通过他的作品对其他人产生的影响，我们称之为“道德与社会责任”。

“金钱与权力”这个问题可以归结为以下几个小问题：你的灵魂是否要拿到市场上去卖？如果是，价格几何？买家是谁？假如不出去，谁会像碾压软壳蟹一样压扁你？你出卖灵魂希望换取的又是什么？

---

① KLEIN. Portrait of the poet as landscape//The rocking chair：50.

请看下面这则笑话：

> 魔鬼找到作家，对他说："我会让你变成这一代最好的作家！不止你这一代，而是本世纪最好的作家！不对，是这个千年里最伟大的作家！不仅最伟大，还要让你成为最著名、最富有的作家，还是极具影响力的作家，可享永垂不朽的荣耀。但我有一个条件：你要把你的祖母、母亲、妻子、孩子、你的爱狗以及你的灵魂卖给我。"
>
> "当然没问题！"作家答道，"把笔给我，在哪儿签字？"然后，作家迟疑了一下说："等等，这其中有什么陷阱？"

假设这个作家签了魔鬼的协议，并假设这份协议的内容包括世俗的权力，就像耶稣若在沙漠屈服于撒旦的引诱便可得到的那样。如果一个作家获得了这种权力，达到什么程度我们才可以判定他滥用权力呢？"社会责任"这一问题可以精简为这几个小问题：你是否是你兄弟的看护者？如果是，那么看护得多好？你是否愿意损害自己的艺术标准，变成一个"祭司"、一个操纵二维神像的说教者，以便宣扬一些（通常不是自己的）道德教义等？

如果你不是你的兄弟的看护者，如果你将自己封闭在自己的象牙塔中，你会不会成为该隐①那样的杀人者——哦，不对，是杀死手足的人，因为世人皆为兄弟——你的手上沾满鲜血，前额上被画上记号？是不是因为你的袖手旁观而导致了社会的罪恶？

对于这些问题，没有什么简单明确的答案；但如果你从事写作这个行业，你迟早都会碰到这些问题。也许我根本不该将它们称作"问题"，而应该把它们叫作"难题"。

---

① 在《旧约·创世记》中，该隐和亚伯是亚当和夏娃的两个儿子，老大该隐种田，老二亚伯牧羊。由于上帝喜欢亚伯的祭牲羊，而不是该隐的供品谷物，该隐嫉妒并杀死亚伯。上帝问该隐亚伯何在，该隐回答说弟弟不归他看护。——译者注

我想先谈谈道德社会责任与艺术作品内容的关系。举个例子，在现实中，如果一个人杀了人，那么他就成了杀人犯，就会被逮捕和审判，诸如此类。但如果作家在他书里杀了人——如果作家让书中的角色实施了完美的谋杀，并将其视为美学行为、艺术作品，就像安德烈·纪德（André Gide）[①] 在他的《梵蒂冈地窖》（*Les Caves du Vatican*）中所写的那样——那么作家的罪责何在？我们又该怎样审判他的这种“罪恶”？我们应不应该——或者说我们能不能——仅仅依照审美标准，将作家的作品当作艺术品来评价，只看这件作品的段落是否流畅，结构是否匀称、平衡，书中的比喻是否恰当新颖，情节是以令人满意的巨大惊喜还是充满讽刺的抱怨收场？另外，如果书中的杀人事件激发读者真的去杀人，那我们又该如何“审判”这本书的作者？

作家是否超越于道德法则之上——他是否是一个尼采哲学中的“超人”，无须受限于无聊、愚蠢和无能的平庸大众所遵守的普通规则？另外，如果这个作品所反映的不仅仅是艺术本身，也是作家本身的“自我”，那么，在作品中创作了谋杀情节的作家向读者暴露了怎样的“自我”呢？大概不是一种光彩的“自我”吧，最好也不过是一种无关道德的“自我”，最坏则会是一个沾沾自喜的魔鬼。

同时经历过现代主义兴盛期和后现代主义兴盛期并宣扬其思想的苏珊·桑塔格（Susan Sontag）[②] 最近谈到了她早期的反传统文章，她坦白道：

> 那时，我严格禁欲……那些散文不只是文风严峻，根本就是

---

① 安德烈·纪德（1869—1951），法国作家，1947 年获得诺贝尔文学奖。——译者注

② 苏珊·桑塔格（1933—2004），美国著名散文家、小说家、左派知识分子及社会活动家。——译者注

> 苦行，仿佛我不相信我的想象力的感官能力。我觉得当时我是害怕迷失自己。我只想倡导美好的、对人们具有启发教育意义的事物，这对我而言是自然而然的事，因为我内心一直都有一个道德框架。①

“对人们具有启发教育意义”，这是好东西啊！每个家长都喜欢文学艺术的这一功能，北美的每一个学校董事会都会支持它的，有的甚至会以这种“支持”作为审查制度的借口。但是，如何“启发教育人”呢？什么人需要被启发教育，通过什么样的方式？是不是一方面要启发教育，另一方面还要防止人们受到与启发教育恰恰相反的影响。

这里面大有文章，而且说来话长。在《理想国》（*Republic*）中，柏拉图曾经想把诗人从他所设想的理想国中踢出去，因为他们说了谎。我们听过很多禁书焚书的故事，以及罗马天主教的禁书目录。你的阿姨利拉（Lila）可能会不再跟你讲话，因为她觉得她是你最近那部小说里的荡妇 X 夫人，而她自己从来没做过任何不检点的事，你怎么能如此大胆地乱写呢?! 你活该，谁叫你把她的手指鬈发和她身上 1945 款的勒腰装写到了小说里一个和她大相径庭的人物身上呢？

但是，身为作家的你是否真的有权利偷偷地将利拉阿姨衣柜里的衣物写进你的小说里呢？你是否有权利将你在公交站台上无意中听到的对话偷偷穿插到你深奥的作品中呢？你能不能把所有人和所有事物都随意用作你的“素材”——就像艾丽斯·芒罗的短篇小说《素材》（*Material*）中的作家雨果所做的那样呢？雨果的妻子骂他是“肮脏的道德白痴”。雨果是“可憎作家”的缩影，他的妻子一开始并不觉

① 苏珊·桑塔格接受琼·阿科切拉（Joan Acocella）的采访，见“The Unquiet American”，*Observer*，5 March，2000。

得他是一个真正的作家。

> 他没有我认为一个作家应该有的威信。他过于紧张，与每个人相处都过于敏感，而且太喜欢卖弄。我一直认为，作家是冷静、忧郁、无所不知的人。我认为雨果和其他作家不同，别的作家身上自始至终都有种冷峻的、闪闪发光的、少有的让人敬畏的气质，但雨果身上没有。①

结果表明，雨果确实没有这些气质。他和妻子离婚后，妻子偶然读到雨果写的一个故事——这个故事是雨果依据妻子对他们以前楼下的邻居多蒂的描述而创作的。在现实生活中，雨果和多蒂从来都鲜有来往。妻子说，这是一个非常好的故事：

> 打动我的不是技巧，或者说，只有很好的、有趣的、诚恳的技巧才能打动我。在这个故事里，多蒂被雨果从现实中抽离出来，暴露在光线之下，停留在绝妙、透亮的“果冻”之中——雨果一辈子都在学习如何制作这样的“果冻”。这是一个有魔力、难以抗拒的故事……［多蒂］已经被升华成了“艺术”，并不是每个人都可以被作家打造成艺术的。②

妻子坐下来，给雨果写了封表达赞赏的信，但语调透露着不满：“这还不够好，雨果。你觉得够好了，但其实还不完美。你错了。”③

到底是哪里还不够好呢？其实，这些有趣的技巧、故事的魔力和艺术都没法——至少在妻子的心里——抵消雨果“肮脏的道德白痴”的印象。

---

① MUNRO A. Material//Something I've been meaning to tell you. Toronto: McGraw Hill Ryerson, 1974: 35.

② 同①43。

③ 同①44。

那么，要怎样才算“够好”、在哪些方面“够好”呢？这个问题可以引发一大堆问题。作家信奉的神应该是古典主义中有着完美形式的阿波罗，还是喜欢恶作剧的魔术师兼大盗墨丘利（Mercury）？为了获得创作的灵感，你应该祈求圣灵［就像弥尔顿创作《失乐园》（*Paradise Lost*）那样］，还是祈求富有激情的缪斯女神［就像莎士比亚在《亨利五世》（*Henry V*）的前言中所写的那样］，还是向大魔术师哈利·胡迪尼（Harry Houdini）[①] 学习？

如果你的才华让你与众不同，那么它让你在哪些方面与众不同？是不是它可以让你免于承担普通人应该承担的各种责任？还是它让你肩负更多的不同种类的责任？你是不是要变成一个不受他人影响的观察者，去追求纯粹的艺术，去享受各种不可思议的乐趣（或者说去经历一些能加深你对“生活”和“人类处境”的理解的事情）？如果你的回答是肯定的，而且你可以做到完全不考虑别人的需要，那么你会不会变成一个满身罪恶的怪兽？与此相反，你是否该成为一个全心为这个社会的被压迫者们发声的作家——就像果戈理[②]、查尔斯·狄更斯、维克多·雨果、《萌芽》（*Germinal*）的作者左拉（Zola）[③] 或《巴黎伦敦落魄记》（*Down and Out in Paris and London*）的作者乔治·奥威尔那样？你是否该像左拉那样写《我控诉》（*J'accuse*），还是你觉得这种控诉全都很庸俗？你是否该支持那些有意义的事业，还是像躲避瘟疫那样避而远之？在一般的民众看来，你是一个多余的社

① 哈利·胡迪尼（1874—1926），原名埃里克·魏斯（Erik Weisz），美国魔术师，表演过空中飞人、杂耍，因能戴着手铐、脚镣从封锁的或没于水中的箱子里逃出来的大胆绝技而赢得国际声誉，曾著书揭穿魔术师的把戏，提醒读者不要相信超自然的力量。——译者注

② 果戈理（1809—1852），俄国小说家、剧作家。——译者注

③ 左拉（1840—1902），法国小说家、批评家，自然主义文学的奠基人。——译者注

会寄生虫，还是社会的核心角色？

比如说那个 F 开头的词。[①] 如果你是个女作家，你的性别和职业的组合是否会使你自动成为一个女性主义者？这具体又意味着什么？是否意味着你不会把任何好男人写进你的书里，即便你在现实生活中发现了一两个好男人的原型？如果你勇敢地承认你自己是一个 F 开头的女性，你的这种自我归类会如何影响你的穿衣打扮？我知道从衣柜选衣服是一件无关紧要的小事，但如果从衣柜选衣服真的如此不重要，那为什么会有那么多的热心评论家对它进行了严肃的意识形态分析？而且即便从严格的意识形态意义上来说你不是一个女性主义者，会不会有敏感的评论家仅仅因为你描写了一个可疑的“写作的女人”这种角色，就抨击你是女性主义者？比如，如果你在你的书里写了不开心的女性角色和不良的男性角色，这些评论家可能就会抨击你，这种事情以前发生过。

简而言之：如果你承认你对社会多少有些责任，哪怕只是你所宣称的去描写社会，你的职业会让你变成你所观察到的事物的主人，还是成为依赖别人“灯光”指引的奴隶？

“对他人好”（good for other people）这句话里的“好”（good）有三种含义：“好的”（good）、“善于”（good at）和“适合”（good for）。艺术和艺术家应该是其中哪种意义的“好”呢？比我想象中还要多的专题讨论会已经讨论过这些问题，这种讨论会通常会取“作家与社会”这样的标题，他们认为作家有（或者说应该有）一种与他人有关的功能，这种功能应该是有用的，而不仅仅是装饰性的或娱乐性的——有些人认为，装饰与娱乐即使不是罪恶的，也是无足轻重的，并且这种功能应该可根据作家本身以外的客观评判标准来衡量。从来

---

① 作者在此玩了一个文字游戏，明显有玩笑意味：英文中“F-word”一般指极其粗鲁的脏话（fuck，意为性交），但此处指的是女性主义者（feminist）。——译者注

不乏这样的人，他们会想出一些他们认为作家应该做的事，而这些事却不是作家所擅长之事。

每当有人邀我参与这样的讨论时，我总想远远跑开，尽管无法每次都避开。毫无疑问，这是因为1960年我还是个20岁的诗人时，一位男性前辈诗人曾告诉我，只有当我成为一名卡车司机，直接去学习现实中的人们都在做些什么时，我才可能成为一个成功的作家。我并不认为生活和艺术之间存在着任何经过验证的真实可靠的因果关系（就像肉、香肠机跟香肠之间的关系那样），至少我不认为这二者之间的关系与质量有关——也就是说，并不是在卡车司机的座位上学习、吸收原始材料，就能变成一流的作家。不过，如果我当时可以当个女卡车司机（但彼时彼地没有这种职业），也许我真的会这样去做，然后这种经历就会变成传记作者最喜欢谈的影响自己一生的经验，我或许也会因此对人生和艺术的关系有不同的看法。

“要成为一个作家，必须要经历一些困苦吗？”有些立志当作家的人常常这样问我。我常常这样回答：“不用担心，你一定会受苦，不管你喜欢不喜欢。”我想补充的是，很多时候，困苦是写作的结果，而不是写作的原因。为什么？因为有很多人断不会让你这个“自作聪明的自大者”好过的。出书通常就像是接受审判，有的“罪名”与你自己所认为的完全不符。《毛二世》中的一个角色说：“只有小说家了解秘密生活，了解由默默无闻、被人忽视所致的愤怒。你们大部分人都是半个杀人犯。”[①] 同样持有这种看法的还有很多批评家、很多义愤填膺的维稳委员会成员（他们致力于清理不良的年轻人读物），以及很多极权主义政府。他们知道某处埋了一具尸体，极力想将尸体发掘出来，然后将你这“凶手”抓捕。问题是，他们找到的“尸体”往

---

① De Lillo, *Mao II*, p. 158.

往不对。

从这一方面来看，写作和其他艺术形式（或今天的媒体）有何不同呢（如果他们真有不同之处的话）？所有门类的艺术家都会遭到诽谤，每一种艺术家都曾面对“行刑队”。但我想说，作家尤其容易遭到那些有权利谴责他们的人的报复（比如，将他们暗杀于大街上，或将他们从直升机上抛下），这不仅因为作家太爱多嘴，还因为一个不管你喜不喜欢都得承认的事实：语言天生就有一个道德维度，比如，如果你说“杂草”，就一定隐含了你对“杂草”类植物的负面评价。

我读大学时，和我同专业的学生都得熟悉阿奇博尔德·麦克利什（Archibald MacLeish）[①] 的一首诗，名字叫《诗的艺术》（*Ars Poetica*），其中写道：“诗应该是可以感知的、沉默的 / 一如成熟的果子”；结尾写道：“诗不应该含有意义，而应该直白呈现。”[②] 当然，这首诗的苛刻要求是自相矛盾的：既然是一首诗，那它就不太可能是沉默的、不含有意义的；事实上，这首诗深深根植于说教传统。批评家们长久以来都认为，艺术的目的是既能悦人，又能说教，我觉得这首诗更偏向于艺术的说教功能。你甚至可能会说这首诗具有规约性。这首诗的规约性远强于诸如格特鲁德·斯泰因（Gertrude Stein）[③] 著名的《草地上的鸽子唉》（*Pigeons on the Grass Alas*）[④] 这样的诗。麦克利什的这首诗也不像保罗·塞尚（Cézanne）对“苹果性”（appleness）的本质的思考。塞尚将“苹果性”当作诗歌（他说的大概是抒情诗

---

① 阿奇博尔德·麦克利什（1892—1982），美国诗人、剧作家。——译者注

② MACLEISH A. “Ars poetica” //Collected Poems 1917 — 1982. Boston：Houghton Mifflin，1985：106 - 107.

③ 格特鲁德·斯泰因（1874—1946），美国作家、诗人、剧作家、女性主义者，大部分时间都在法国度过。——译者注

④ STEIN G. Four saints in three acts，Gertrude Stein：writings 1903—1932. New York：Library of America，1998：637.

歌）的最高境界——你可能怎么也想不到，《伊利亚特》（*Iliad*）① 或《地狱》（*Inferno*）② 具有的只不过是这些水果的特质。

我请教了一个最近来家里做客的小说家③的看法。我问她有没有可能写出一部没有任何道德意义的小说？她回答说：“不可能。小说的道德意义不是你所能控制的，因为故事必然会有这样或那样的结局，而读者一定会对故事的结局进行是非对错的评论，不管你喜不喜欢。”她回顾了很多曾经尝试在创作中不掺杂任何道德元素的作家，比如在《梵蒂冈地窖》（*Les Caves Du Vatican*）中虚构了主人公拉夫卡迪奥（Lafcadio）的纪德（Gide），又如曾宣称要抛弃“角色”和“情节”这两个陈旧概念的罗伯-格里耶（Robbe-Grillet）④。我记得我曾在 20 世纪 50 年代读过罗伯-格里耶的作品，读他的作品就像是在读一个还没放任何东西的空餐盘。除此之外，我还发现他写的散文在道德上几乎是中立的，但这种散文在其他很多方面也是中立的，这些方面使得他的作品饶有趣味。“没错，他的散文确实让人捧腹。”我这位朋友说，“但是你现在还在读他的小说吗？”我答道：“没在读了。”她说：“没有什么新东西，而且也没有笑话。”

作家无须对小说的人物或结局进行价值评判，至少不需要以任何公开的方式进行。契诃夫有句不太符合实际的名言，说他从来不评价他小说中的人物；你会发现，很多文学评论都心照不宣地认同这种克制。但是，读者会评判小说的人物，因为他们会解读。我们所有人每天都会做各种解读，我们也必须解读——不只是语言，还有整个环

---

① 《伊利亚特》，吟唱特洛伊战争的叙事史诗，相传系荷马（Homer）的作品。——译者注

② 《地狱》，但丁《神曲》的第一卷。——译者注

③ Valerie Martin.

④ 阿兰·罗伯-格里耶（Alain Robbe-Grillet，1922—2008），法国作家，曾接受统计学和农艺学的教育，后成为一名作家和电影制作人。——译者注

境："这个"意味着"那个"，比如（交通指示灯所显示的）"小绿人"意味着我们可以过马路，"小红人"则意味着不能过马路；如果我们不解读，我们就会死。语言在道德意义上并非中性的，因为人脑的欲望并不是中性的，狗脑也不是，鸟脑也不是（比如，乌鸦很讨厌猫头鹰）。我们喜欢某些事物，而讨厌另外一些事物；我们赞同一些事物，而否定另外一些事物。这是有机生物的天性。

如此一来，纯粹艺术的境遇如何呢？恐怕会比较尴尬。它就在报纸、政治反应和市场力量的人人皆可参与的、最偏僻的角落里，艺术与社会在诸如"用大象粪装饰圣母像"这样的事情上发生碰撞，但二者都边收门票边数钞票。

格温多琳·麦克尤恩曾说过："诗人是手法不快的魔术师。"[①] 关于这个话题，我想通过三个文学虚构人物，从另一个角度来讨论。这三个虚构人物都是类似魔术师的角色，分别是：L. 弗兰克·鲍姆（L. Frank Baum）的儿童小说《绿野仙踪》（*The Wizard of Oz*）中的奥兹国巫师；莎士比亚戏剧《暴风雨》（*The Tempest*）中的人物普洛斯彼罗（Prospero）；以及克劳斯·曼（Klaus Mann）的小说《梅菲斯特升官记》（*Mephisto*）中疯狂追求权力的演员亨里克·荷夫根（Henrik Höfgen）。这三个人物有什么共同点呢？他们都存在于艺术和权力的交织中，因此都有着道德和社会责任；三者都是某种类型的幻觉艺术家，就像前文提到的小说《素材》中"肮脏的道德白痴"雨果和他的神奇果冻。

首先来谈一下《绿野仙踪》。我很小的时候就读过这本书。我们都知道，这本书讲述的是一个名叫多萝西（Dorothy）的堪萨斯州女

① 见玛格丽特·阿特伍德和巴里·卡拉汉（Barry Callaghan）编辑的 *The Poetry of Gwendolyn MacEwen: The Later Years*（Toronto: Exile Editions，1994）中罗斯玛丽·苏利文（Rosemary Sullivan）对格温多琳·麦克尤恩的介绍。

孩，她被龙卷风吹到了奥兹国，那里既有善良的女巫，也有邪恶的女巫。多萝西来到了翡翠城，那里的一切都是绿色的，据说住着一个女巫，能帮她回到堪萨斯州。历经很多的冒险后，多萝西到达了翡翠城，和她一起去的还有觉得自己缺乏勇气的胆小鬼狮子、认为自己没有头脑的稻草人和声称自己缺少心的铁皮人。这三个角色都努力寻求自己想要的东西，以提升人生境界和增加自信。他们试图从女巫那里获得这些东西。每个人都看到了不同模样的女巫："伟大而可怕的奥兹"先后变成了巨头、熊熊烈火、野兽和美女。

多萝西拜访女巫时，她的狗托托撞倒了一个屏风，真正的魔法师出现了，他是个小老头，在道具、技巧和口技的辅助下进行了完整的表演。正是他通过染色眼镜的方式制造假象，才使得翡翠城看起来如此的绿。但他解释道，他制造出这些幻象，都是为了翡翠城的人民好——他必须装出一副魔法高强、让人害怕的样子，这样那些具有真正超自然能力的邪恶巫师们才不会将翡翠城的人民全部毁灭。因此，你可以说他创造了一个乌托邦，或者说一个慈善的独裁世界，这取决于你怎么看它。他也欺骗了多萝西，以虚假的承诺骗她去跟邪恶的巫师进行斗争——他其实并不知道如何帮她返回堪萨斯州。

多萝西讨厌这种行径，她对魔法师说："我觉得你是个大坏人。"

"哦，别这样说嘛，亲爱的。"魔法师说，"我是个大好人，但我的确是一个很差劲的魔法师。"①

如果你是个艺术家，"你是个好人"与你的实际成就并没有多少关系。道德上的完美不能弥补你差劲的艺术才能：比方说你是歌唱家，如果你唱不出高音 C，那么你再怎么对狗有爱心也无济于事。但是，如果你是个技艺高强的魔术师——像前文提到的《素材》中的雨

---

① BAUM L F. The wizard of Oz. London：Puffin，1982：140.

果那样能干，能制作出“绝妙的透明果冻”，能制造出一些假象，并使人们信以为真，那么你是好人还是坏人就并非无关紧要了，因为你若有这样的本领，你就能产生各种各样的影响力——与社会有关的影响力，那么你的善与恶就在一定程度上决定你将如何利用这种影响力。

自称为魔法师的奥兹国巫师利用他的影响力摆布别人、制造假象，这类角色由来已久，早期原型可能是萨满巫师、大祭司或江湖术士，或同时兼具这几项本领的人。其他原型可以在民间传说中找到。在近代文学作品中，他的原型可以追溯到早些时候马洛（Christopher Marlowe）[①] 的《浮士德博士的悲剧》（*The Tragedy of Dr. Faustus*）和稍晚一些的莎士比亚戏剧《暴风雨》中的人物普洛斯彼罗。在普洛斯彼罗的启发之下诞生了琼森（Ben Jonson）[②] 的《炼金术士》（*Alchemist*），而《炼金术士》又启发了萨克雷（Thackeray）的《名利场》（*Vanity Fair*），萨克雷在《名利场》的前言中明确指出，《名利场》就是一出木偶戏，而他就是这出木偶戏的幕后操纵者。普洛斯彼罗还启发了众多的暴君式魔术师和艺术家角色，包括纳撒尼尔·霍桑的短篇小说《胎记》（*The Birthmark*）和《拉帕奇尼的女儿》（*Rappacinni's Daughter*）中的或险恶或癫狂的炼金术士。有些作品中的角色让人极其反感，比如 E. T. A. 霍夫曼（E. T. A. Hoffmann）[③] 笔下的邪恶魔术师——另参见奥芬巴赫（Offenbach）的歌剧《霍夫曼故事集》（*Tales of Hoffmann*）——和乔治·杜·莫里耶（George du Maurier）[④] 的《软毡帽》（*Trilby*）中利用他人的催眠师斯文加利

---

① 克里斯托弗·马洛（1564—1593），英国诗人和剧作家。——译者注

② 本·琼森（1572—1637），英国剧作家、诗人和评论家。——译者注

③ E. T. A. 霍夫曼（1776—1822），德国浪漫主义和幻想主义作家、作曲家。——译者注

④ 乔治·杜·莫里耶（1834—1896），英国漫画家和小说家。——译者注

(Svengali)；还有一些角色之间有着理不清的渊源关系。再往后的角色有电影《红菱艳》中令人恐怖的鞋匠，约瑟夫·罗斯（Joseph Roth）的小说《第一千零二夜的故事》（*The Tale of the Thousand and Second Night*）中的蜡像馆老板（他制造了魔鬼的幻影，因为人们爱看）。其他角色还有托马斯·曼（Thomas Mann）的小说《马里奥与魔术师》（*Mario and the Magician*）中的催眠师，威廉·罗伯逊·戴维斯（William Robertson Davies）[①] 的“得特福德三部曲”（Deptford Trilogy）中的魔术师艾森格里姆大师（又名保罗·邓普斯特），以及伯格曼（Ingmar Bergman）[②] 的电影《魔术师》（*The Magician*）中饱受折磨的主人公。这些角色有的是只想挣点小钱的表演者，有的以操纵别人的生活为乐并从中获利，有的怀疑他们的魔术也许是真的，并以为他们一手创造的奇迹世界是真的奇迹。在其他的文学作品中，还有这种“奇迹创造者”的角色。

接下来，让我们讨论一下莎士比亚笔下的普洛斯彼罗，因为这个人物从某种程度上来说是所有其他类似角色的鼻祖。我们都知道普洛斯彼罗的故事。普洛斯彼罗被他的弟弟背叛、篡夺了权位，普洛斯彼罗带上他的女儿和他的书（自然包括他的魔法书，这并非凑巧）逃亡到了一个热带岛屿上。在那儿，他试图去开化一个他认识的岛上土著人、女巫的后代卡利班（Caliban）[③]。他的开化企图失败后，他用魔法控制了卡利班。后来，那不勒斯国王和他的随从（包含普洛斯彼罗的弟弟）因为海难，也逃生到了这个岛上。普洛斯彼罗召唤出他熟悉的空中精灵爱丽儿去引诱、迷惑这些那不勒斯人，把他们吓得屁滚尿流——这些普洛斯彼罗旧日的敌人的命运如今都掌握在了他的手中。

---

① 威廉·罗伯逊·戴维斯（1913—1995），加拿大小说家和剧作家。——译者注

② 英格玛·伯格曼（1918—2007），瑞典电影剧作家、导演。——译者注

③ 卡利班，莎士比亚戏剧《暴风雨》中半人半兽形怪物。——译者注

据他所说，他的目的倒不是报复他们，而是想让这群人忏悔，他说：“既然他们已经悔过，/我唯一的目的已经达到，/ 不必再紧皱眉头了。”这些人忏悔之后，普洛斯彼罗恢复了他米兰公爵的地位，然后，他的爱女与那不勒斯王子结成连理，并阻止了刺杀国王的行径。简言之，普洛斯彼罗并不是将他的艺术——魔法艺术、幻象艺术——主要用于娱乐目的（虽然也有所涉及），而是用于改良道德和社会的目的。

必须要提一下的是，普洛斯彼罗扮演了上帝的角色，如果你不赞成他（就像卡利班那样），你可能会骂他是独裁者（卡利班就是这么称呼他的）。如果我们稍微转换一下语境，普洛斯彼罗可能是宗教法庭的大法官——惩罚别人是为了他们好。你也可以说他是篡夺者——从卡利班手里掠夺了岛屿，就像他弟弟篡夺了他的爵位一样。你还可以说他是魔法师，卡利班也曾这样称呼他。我们读者会因为没有明显的证据而倾向于认为他并无邪心，并把他看作慈善的独裁者，或者说我们大部分时候都倾向如此。但卡利班骂他是独裁者，不无道理。

普洛斯彼罗没有了魔法艺术，就无法统治，正是他的魔法给了他统治的权力。卡利班指出，普洛斯彼罗没有了魔法书，什么也不是。所以，从一开始，普洛斯彼罗这个魔法师角色就带有欺骗的元素：总的来说，他是一个身份模糊的绅士。他的身份当然模糊：他毕竟是一名艺术家啊！在戏剧的最后，普洛斯彼罗讲了收场白——既以他这个角色本身的口吻，又以扮演他的演员的口吻，还以创造这个角色的作者（整出戏剧的幕后独裁操纵者）莎士比亚的口吻。且看普洛斯彼罗兼扮演他的演员兼创作他台词的莎士比亚如何请观众包涵：“就像你们的罪过会被原谅一样，/请用你们的宽恕让我自由。”这并不是艺术和罪恶最后一次被等同了起来。普洛斯彼罗知道自己好像做了点什么有罪的事。

正如我上文提到的，我要讨论的第三个幻想艺术家角色是克劳斯·曼 1936 年发表的小说《梅菲斯特升官记》中的人物亨里克·荷夫根。荷夫根是一个真正的艺术家。他是一个非常优秀的演员，演得最好的角色就是歌德《浮士德》中的梅菲斯特。不过，《梅菲斯特升官记》这部小说所设定的时代背景是希特勒统治下的第三帝国时期，所以荷夫根变成了他自己的梅菲斯特，诱发了他身上像浮士德一样易受影响的部分，带自己走上了世俗权力的罪恶道路。为了获得权力，他积极拥护纳粹党，不是因为他相信纳粹党的教条，而是因为只有这样才能获得种种好处。他背叛了他以前的左派朋友，包括他最好的哥们奥托，还抛弃了恋人，因为她是一个黑人。“剧院需要我，”他说，“而纳粹政权需要剧院。”他说的太对了——极权主义向来都有些戏剧性，像戏剧一样极其依赖幻象——场面宏大，幕后则是肮脏卑劣和操纵摆布。

最后，有个年轻人带着奥托的口信来见荷夫根，奥托已经被纳粹党卫军折磨致死。口信的大意是：“我们会赢得胜利的，到时我们就会知道该吊死谁。”这位信使的来访让荷夫根惴惴不安。“人们到底想要我怎么样？”他痛苦地哀怨道，“他们为什么不放过我？为什么对我如此刻薄？我只是个可怜的演员啊！”①

当处境变得艰难时，梅菲斯特脱下戏服，变回舞台假象背后的那个胆小的人。但这是否就能让他洗脱他之前为了得到权位和利益而用艺术作伪装和工具所做的那些事情呢？

在所有这类魔法师、巫师或魔术师的角色中，总是会涉及伪装、欺骗以及为了获得这样或那样的权力而操纵别人的问题。每当艺术家

① 见 MANN K. Mephisto. Hamburg：Rowohlt，1982：77。我的翻译。——译者注

试图获取超越艺术范围的权力时，他似乎就有些站不住脚了；但如果他压根不去融入社会，那么他又有变得完全无足轻重的危险——只是随手涂鸦，做些解闷的手工，玩弄些零碎之物，整天一个人待着琢磨笔尖上能容多少天使跳舞。

该怎么做？该往何方？如何继续前行？一个将社会道德责任和艺术的纯粹性相结合的艺术家能否获得自我身份认同？如果能，那么这种身份认同会是什么？问问我们所生活的这个时代，它也许会回答——这个身份就是“见证者”，或者叫“目击者”。

这是一个古老的角色。“我当时在场，我看见了，它就发生在我的身上”——这些是诱人的建议，深深吸引着想象，从希罗多德（Herodotus）起，之后的作家都明白这个道理。乔治·奥威尔说：“好的散文就像一面窗玻璃。”① 这意味着，我们透过这面玻璃所看见的就是真理——完整的真理，而且只有真理，没有别的。

《圣经·约伯记》中的四个信使说：“唯有我一人逃脱，来报信给你。”② 在一部集中营题材的电影《集中营血泪》（*Playing for Time*）中，一位老人把自己那份香肠递给快要饿死的小提琴家［由瓦妮莎·雷德格瑞夫（Vanessa Redgrave）扮演］，对他说：我们必须有人活下去，才能告诉世人这里所发生的真相。那些叙述囚禁、放逐、战争、内战、奴役、灾难的故事，罪犯和海盗被虐待的故事，以及乱伦幸存者的故事，如果我们认为它们是根据真实事件——尤其是作家本人所经历的真实事件写成的，那么，我们会觉得这些故事更加震撼人心！

这类故事的力量巨大，尤其是当它们与艺术的感染力相结合时。

---

① ORWELL G. “Why I write” //The penguin essays of George Orwell. London: Penguin, 1968: 13.

② 《圣经·约伯记》第一章第15～19节。

作家要将它们写出来，有时还得偷偷带出境跨国发表，这需要的勇气也同样巨大。这些故事存在的地域既非事实，又非虚构，但或许两者皆是——让我们称其为“加强版的事实”（enhanced fact）。在此举两个这种艺术形式的极佳例子：一个是波兰作家雷沙德·卡普钦斯基（Ryszard Kapuscinski）所著的《皇帝：一个独裁政权的倾覆》（*The Emperor*），讲述了埃塞俄比亚皇帝垮台的故事；另一个是库尔齐奥·马拉巴特（Curzio Malaparte）[①] 的惊世之作《卡普特》（*Kaputt*），这是马拉巴特于二战中在纳粹占领区断断续续秘密写成的，当时如果该书中的任何一部分被纳粹分子发现，那么马拉巴特绝对会被枪毙。

现实生活中的各种险恶极端一旦与文字艺术相结合，其力量是强大的，有时甚至是爆炸性的。这就是那么多的人伪造出类似故事的原因，这种手法至少始于丹尼尔·笛福（Daniel Defoe）[②]。为了伪造故事，有人甚至伪造身份，比如假冒北美印第安人、假冒澳大利亚土著居民、假冒大屠杀幸存者、假冒被虐待女性，甚至假冒乌克兰人——多年下来，这种伪造的身份不断增加，以上列举的这些只是我们已经发现的例子。即使作家并没有捏造“见证者”故事，而是明确承认故事是虚构的，仍会被指控窃用了别人的声音。具有社会意识的作家很容易被指控利用苦难者的痛苦和不幸来获取私利。这会不会让我们对《雾都孤儿》有新的看法？查尔斯·狄更斯到底是一个社会改革者、道德和正义的捍卫者，还是艾丽斯·芒罗笔下那个“肮脏的道德白痴”作家雨果？这两者之间的界线有时并不明显，有时全取决于旁观者怎么看。

---

① 库尔齐奥·马拉巴特（1898—1957），意大利作家。——译者注

② 丹尼尔·笛福（1660—1731），英国作家、报业家，以《鲁滨孙漂流记》闻名世界文坛。——译者注

“见证者”还可能是一种偷窥狂。在约瑟夫·利昂·埃德尔（Joseph Leon Edel）[①] 对亨利·詹姆斯的小说《圣泉》（*The Sacred Fount*）的介绍中，埃德尔引用了当时有人对詹姆斯小说的评价，说詹姆斯的小说给人一种“一个人通过钥匙孔偷窥一个正通过钥匙孔偷窥别人的人的效果”[②]。该小说的主角是个小说家（这并非凑巧），讽刺的是，虽然他总是刺探别人，但最后却不确定自己究竟发现了什么。亨利·巴比塞（Henri Barbusse）[③] 的小说《地狱》（*L'Enfer*）的故事发生在一个酒店房间里，小说的叙述者通过酒店房间的一个小孔窥见了隔壁房间发生的残酷事件。这个角色与那些我们喜闻乐见的18世纪文学中的游手好闲的旁观者角色有很大的不同，同我们所熟悉的20世纪的热门文学术语“视角”或“视点”也很不同，但它们都属同一类：有看的人，即作家，也有被看的人。因此，美国小说家F. 斯格特·菲茨杰拉德的小说《了不起的盖茨比》（*The Great Gatsby*）中的那副抢眼的大眼镜就像是一个无关道德、没有力量的上帝的眼睛——看得见一切，但什么也不做、没有头脑，这就像我最早读过的现代诗集之一的标题——《无脸之眼》（*Eyes Without A Face*）。[④]

克里斯多夫·依修伍德（Christopher Isherwood）有本响当当的书，名字叫《我是一台摄像机》（*I Am A Camera*）。实际上，没有人会是一台摄像机，那么这种自我界定从何而来？我们猜它和私家侦探[⑤]出自同一个地方——唯美主义和科学的结合。到了19世纪末，

---

① 约瑟夫·利昂·埃德尔（1907—1997），北美文学批评家。——译者注

② JAMES H. The sacred fount. New York：New Directions，1995：ix.

③ 亨利·巴比塞（1873—1935），法国小说家、新闻从业者。——译者注

④ MCROBBIE K. Eyes without a face. Toronto：Gallery Editions，1960.

⑤ 私家侦探在英文中又称 private eye，此处与上下文中“眼睛”“观看”等概念构成双关语。——译者注

这种结合既产生了吸毒成瘾、会拉小提琴、目光犀利如鹰的私人侦探夏洛克·福尔摩斯，也产生了奥斯卡·王尔德笔下的亨利·沃顿勋爵，他是一个高超的美学家、超然的观察者，并像化学家做实验那样拿别人的情感生活做实验。

诗人叶芝叫后辈诗人冷眼观生死，他要表达什么意思？眼睛为什么要是冷的？这个问题困扰了我多年。也许叶芝是最后下定决心走艺术这条路，一反他早年投身政治的做法。又或许他的意思就像布莱恩·摩尔（Brian Moore）[①] 1962 年发表的小说《来自林博的答案》（*An Answer from Limbo*）中的一段，主角（一个作家）站在他母亲的坟边：

> 在坟坑上面，挖墓者们节奏整齐地挥舞着铲子，铲土，填坑，铲土，填坑，以土盖土……牧师合上了他的祷告书。得记住这一幕。
>
> 然后，他仿佛往前走到我旁边，那个喝得醉醺醺的、充满仇恨的布伦丹……在我的耳边重复了他在多特蒙德聚会上说的话："作家站在他妻子床边，看着她因痛苦而扭曲了的脸，他的第一要务是记录她死亡时的痛苦。他情不自禁这样去做，因为他是作家。他不会感受，只会记录。"

"我已经改变得连自己都认不出来了。"作家心想，"我已迷失了自己，牺牲了自己。"[②]

于是，我们又回到了这个主题——冷眼的、心肠冷酷的艺术家为了艺术牺牲了自己，并丧失了身为人的感知能力，但这次不同的是，他还被怂恿与魔鬼签订协议。他丢失的不只是心，还有灵魂。

---

① 布莱恩·摩尔（1921—1999），作家、编剧家，出生于北爱尔兰，先后移民加拿大和美国。——译者注

② MOORE B. An answer from limbo. Boston：Atlantic，Little，Brown，1992：322.

然而，艺术家的“冷眼”可能还有一个原因。请思考艾德丽安·里奇（Adrienne Rich）[①] 的诗《牢房里》（*From the Prison House*）的结尾：

这眼睛
不是用来哭泣的
它的视力
必须保持清晰
尽管我脸上流着泪

它的目的就是清晰
它必须记得
一切[②]

这种眼睛是埃及和美索不达米亚文化中冥界记录员的眼睛，或是基督教天堂里做记录的天使的眼睛。这种眼睛之所以冷，是因为它清晰；它之所以清晰，是因为它的主人必须看清一切，然后必须记录下来。

作家应该如何定位他（她）与全人类的关系？在权力的阶梯上，作家处于哪个位置——如果作家在这个阶梯上还有一席之地的话？作家该如何选择？我已经说过，对于这样的问题，我没有答案。但我已经表明了一些可能性、一些难题以及潜在的危险。要问我有什么建议，如果你是一个年轻作家，我会引用艾丽斯·芒罗的话：“做你想做的事，然后承担后果”；或者我可以说：“跟着故事走，它带你去哪就去哪”；或者我也可以说：“你只用好好写作即可，至于写作与社会

① 艾德丽安·里奇（1929—2012），美国诗人、学者、评论家、女性主义者。——译者注

② RICH A. From the prison house//Diving into the wreck. New York：Norton，1973：17.

的关联，顺其自然就好”。

事实上，这是真的，因为秘诀是——欢迎你在任何专题讨论会上引用该秘诀——决定作家的作品与社会有无关联的不是作家自己，而是读者。而读者正是下一章我们所要讨论的话题。

第五章 沟通：从无名者到无名者

因此，当读者发现我们在这部作品里牢牢坚持当代最优秀厨师［即便在贺利欧加不勒斯（Heliogabulus）[①] 时代也堪称最好的厨师］的最高原则之一时，他将会多么高兴！……如此一来，我们唯一担心的是，读者可能会渴望一直读下去，欲罢不能，就像我上面提到的大厨，应该会使一些人停不下筷子。

——亨利·菲尔丁（Henry Fielding）[②]：《汤姆·琼斯》（*Tom Jones*）[③]

听故事的人有讲故事的人陪伴，甚至读故事的人也有讲故事的人陪伴。但是，小说的读者比任何一种读者都要孤独。……正是因为这种孤独，小说读者比任何人都更对所读之物贪恋不舍。他很想把小说占为己有，仿佛要将其吞下。

——瓦尔特·本雅明（Walter Benjamin）[④]：《讲故事的人》（*The Storyteller*）[⑤]

德特列夫·冯·利连克隆（Detlev von Liliencron）[⑥] 曾在他的诗

① 贺利欧加不勒斯，罗马皇帝，以极端追求美食著称。——译者注

② 亨利·菲尔丁（1707—1754），18 世纪最杰出的英国小说家、戏剧家，英国启蒙运动最伟大的代表人物之一，是英国第一个用完整的小说理论来从事创作的作家，沃尔特·司各特称他为“英国小说之父”。在《约瑟夫·安德鲁斯》《弃婴托姆·琼斯的故事》《阿米莉亚》中，菲尔丁奠定了 200 多年一直支配着英国小说发展的现实主义传统。菲尔丁和丹尼尔·笛福、塞缪尔·理查逊并称为英国现代小说的三大奠基人。——译者注

③ FIELDING H. Tom Jones. New York：Signet，Penguin，1963，1979：24-25.

④ 瓦尔特·本雅明（1892—1940），德国犹太裔文学评论家、哲学家，为躲避纳粹分子迫害几度逃亡，最终自杀身亡。——译者注

⑤ BENJAMIN W. The storyteller//ARENDT H. Illuminations. New York：Schocken Books，1969. 100.

⑥ 德特列夫·冯·利连克隆（1844—1909），德国抒情诗人、小说家。——译者注

中讽刺地写道：诗人经不起名誉的诱惑。即使诗人活着的时候得不到大众的青睐，后代也必会称颂他勇于挨饿的英雄气概。一言以蔽之，若要作品卖得好，自己也得搭进去。

——彼得·盖伊（Peter Gay）[1]：《愉悦战争》（*The Pleasure Wars*）[2]

……鉴于我们是这个时代了不起的代言人，我们不能期望有很多的听众。

——格温多琳·麦克尤恩：《选择》（*The Choice*）[3]

这家爱惹是生非的大报发现了他，现在他名声大噪，被册封加冕。他被公开授予那个地位，就像手持魔杖的肥胖引座员指向最高的席位……刹那间，不知为何，一切都变了；我所说的那个巨大的浪潮将某种东西卷走了。我提到的巨浪已经打翻了我惯用的小祭坛、我那灯光摇曳的小蜡烛和我的鲜花，然后变成了一座巨大空阔的神殿。如果尼尔·帕拉戴（Neil Paraday）从那个神殿里走出来，他将会成为一个当代人。这正是发生在他身上的：这个可怜的人被挤进了他可怕的时代。

——亨利·詹姆斯：《名流之死》（*The Death of the Lion*）[4]

我撕开信封，我在曼谷。

……你从这些纸张、这些蓝色的信封里汹涌而出。

正当我感觉你已经消失在茫茫世界里，

我跟不上你的时候，

---

① 彼得·盖伊（1923—2015），犹太裔美国社会思想史学家。——译者注

② GAY P. The pleasure wars. New York：Norton，1998：39.

③ MACEWEN G. The choice//The rising fire. Toronto：Contact Editions，1963：71.

④ JAMES H. The death of the lion//The lesson of the master and other stories. London：John Lehmann，1948：86.

你的明信片来了，上面写着
“等我”。

——安妮·米开尔斯（Anne Michaels）[1]：《玛莎的来信》（*Letters from Martha*）[2]

我想从信使谈起。信使总是处于三角关系中：寄信人、传信的人或物、收信人。因此，我们可以想象一个三角形，但不是完整的三角形，更像个倒立的“V”字。作家和读者分别位于这个三角形的两个侧边角上，但两点间并没有直线将它们连接。在它们之间（在上或在下）有第三个点，就是文字、文章、书、诗、书信或其他东西。这第三个点是另外两点都与之连接的唯一一个点。很久以前，我在教写作课时常常对学生说：“尊重书页，这是你们拥有的一切。”

作家与书页沟通，读者也与书页沟通，作家和读者只通过书页进行沟通。这是写作的三段论之一。我们且不去管那些出现在访谈类节目、报纸采访等中的作家摹本——它们与作为读者的你和你正在阅读的书页之间发生的互动应该无甚关系；一只无形的手在你所读的书页上留下了一些符号，让你去解码，就像约翰·勒卡雷（John Le Carré）[3] 小说中已经死掉的间谍在一只浸透水的鞋子里给乔治·斯迈利留了个小包一样。[4] 我知道这个比方有点牵强，但在某种程度上又很贴切，因为读者的其中一种身份就有点像间谍——喜欢去读别人书信或日记的“侵犯者”。诺思洛普·弗莱（Northrop Prye）曾表示，

---

① 安妮·米开尔斯（Anne Michaels，1958— ），加拿大诗人、小说家。——译者注

② MICHAELS A. Letters from Martha//Miner's pond，the weight of oranges，skin divers. London：Bloomsbury，2000：32 - 33.

③ 约翰·勒卡雷是英国作家大卫·约翰·摩尔·康韦尔（David John Moore Cornwell，1931— ）的笔名，他写了很多冷战题材的惊悚小说。——译者注

④ CARRÉ J L. Smiley's people. New York：Bantam，1974.

读者并不是去听，而是无意中听见。[①]

到目前为止，我主要谈论的是作家，现在该谈谈读者了。我想提出的问题是：首先，作家为谁写作？其次，介于作家和读者之间的书的功能（或者说职责）是什么？从作者的眼光来看，一本书应该做什么？基于第一和第二个问题产生了第三个问题：读者阅读时，作家位于何处？

如果你真有阅读别人书信和日记的习惯，你可以直接回答第三个问题：你阅读时，信和日记的作者跟你不在同一个屋子里；如果他和你在一处，那么要么你们在交谈，要么作者逮着你正在偷看他的信或日记。

作家为谁而写作？当我们谈到日记作者时，这个问题最简单不过。答案很少会是“不为任何人而写”，但这种说法是一种误导，因为除非作家把问题的答案写进书里出版，否则我们读者不可能知道答案。例如，雅尔玛尔·瑟德尔贝里（Hjalmar Söderberg）[②] 1905 年出版的惊世骇俗的小说《格拉斯医生》（*Doctor Glas*）中，主角、日记作者格拉斯医生如此说：

> 此时，我正坐在敞开的窗子旁写东西。写给谁呢？既不是写给朋友或情人，甚至也不是写给我自己。我今天不会读我昨天写的东西，明天也不会读我今天写的东西。我写东西仅仅是为了让我的手不停下来，使我的思绪能自由流动，是为了在失眠时打发时间。[③]

---

① 他事实上说的是：“诗人不是被听见，而是被无意中听见。”笔者就读多伦多大学时，诺思洛普·弗莱常在课堂上这么说。

② 雅尔玛尔·瑟德尔贝里（1869—1941），瑞典小说家、剧作家。——译者注

③ SODERBERG H，AUSTIN B A. Doctor Glas（初版于 1905 年）：London：Tandem，1963：16。

这个说法看似有道理，而且的确有道理——我们读者很容易相信它。但真正的事实——这种假象背后的事实是，这段文字不是小说的主角格拉斯医生写的，而且并非不为任何人而写；它是小说的作家雅尔玛尔・瑟德尔贝里为我们读者写的。

小说中虚构的作家，鲜有不为任何人而写的。更为常见的是，即便虚构的作家在虚构日记，他也会假想一个读者。下面这段话出自1949年问世的乔治・奥威尔的《1984》(*Nineteen Eighty-Four*)，该书刚出版不久我就读了，当时我还很年轻。我们都知道，《1984》是一部预言小说，讲述的是由老大哥统治下的肮脏的极权主义社会。小说的主角温斯顿・史密斯在旧货店的橱窗里看见一个违禁物品——“一本厚厚的、有大理石纹封面和红色封底的四开的空白本子”①。他极度渴望拥有这本本子，尽管这样会有危险。哪个作家不曾屈服于类似的欲望？又有哪个作家不清楚这种欲望所包含的危险（具体而言就是自我暴露的危险）？因为如果你拥有了一个空白本子，特别是有乳白色纸张的本子，你将会情不自禁地往本子上写东西。温斯顿・史密斯就这么做了，用的是真笔真墨，因为这样才对得起那些美妙的纸张啊！但紧接着就产生了一个问题：

> 他突然开始思考：他写这本日记给谁看呢？给未来？给后来人？……他第一次完全明白了他所做的这件事的重大意义。我们如何与未来沟通呢？这种事本质上就是不可能的。如果未来与现在相似，那么它就与他所写的不一致；如果未来与现在不一样，那么他现在的困境到时将毫无意义。②

作家常常面临的困境是：谁会读你写的东西，无论现在或是将

① ORWELL G. Nineteen eighty-four. Harmondsworth，Middlesex：Penguin，1949：8－9.

② 同①10。

来？你希望谁来读？温斯顿·史密斯的第一个读者就是他自己——将他自己不可告人的思想写在日记上，给他带来了满足感。当我年轻时，对温斯顿·史密斯空白本子的描写对我产生了极大的吸引力。我也曾试着去记日记，但最终没坚持下来，失败的原因是我没有假想过日记的读者。我不想让任何人看我的日记，只有我自己可以看。但我已经知道自己会在日记里写些什么——都是些多愁善感之事，既然如此，那何必还要费劲去把它们写下来呢？这似乎只是浪费时间。但很多人并不这样认为。在过去的数十个世纪里，至少在人类发明纸和笔后，很多人诚实地写下了不计其数的日记，其中大部分默默无闻，有些则广为人知。塞缪尔·佩皮斯（Samuel Pepys）① 的日记为谁而写？圣西蒙（Saint-Simon）② 的日记为谁而写？安妮·弗兰克（Anne Frank）③ 的日记又为谁而写？这些纪实文字有种魔力。它们能幸存下来，让我们捧在手里阅读，这就像是一件宝藏意外流落到我们手里，又像是死者复活。

现在，我也会记各种形式的日记，主要是为了自我保护，因为我知道谁将是它们的读者——就是大约三周后的我自己，因为我现在已经记不清我在某日某时做了什么事。我们的年龄越长，我们就越能体会贝克特的戏剧《克拉普的最后一盘录音带》（*Krapp's Last Tape*）。该剧中，克拉普年复一年地用录音带记日记。他唯一的读者（或者说听者）就是他自己——他会回放他早前生活的点点滴滴。随着时间的推移，他发现现在的他和以前的自己越来越不同了。这就像有些股票

---

① 塞缪尔·佩皮斯（1633—1703），英国日记作家和政府官员。——译者注

② 圣西蒙（1675—1755），法国社会哲学家、法国社会主义创始人。——译者注

③ 安妮·弗兰克（1929—1945），德国日记作者，犹太少女，其日记记述了她的家庭为逃避纳粹迫害而在阿姆斯特丹隐匿两年的生活。其父于 1947 年发表了她的日记，题名《一个少女的日记》。——译者注

经纪人开的那个关于阿尔兹海默症[①]的糟糕玩笑——至少你在一直不停地认识新的人，但在克拉普的情形中，你自己就是那些“新的人”——我的情形也越来越像克拉普了。

在作者与读者的关系方面，私密日记极其简单，因为一般认为日记的作者和读者是同一人。私人日记也是一种非常私密的写作形式。我觉得其次就是私密信件：一个作者、一个读者，分享同一份隐私。“这是我写给世界的信，但世界从来不给我写信。”艾米莉·狄金森曾如是说。[②] 当然，如果艾米莉将这些信寄出去，她也许会收到很多回复。不过，艾米莉是设定了一个或多个读者的，至少是未来的读者：她将自己的诗小心翼翼地保存了起来，甚至还将它们缝成一本本小册子。她坚信未来会有读者，并且他们会很专注地读她写的东西，这与温斯顿·史密斯的绝望相反。

当然，作家们已经将书信这种形式用于各种用途，比如在叙事中插入书信，有时甚至用书信体创作整部小说，如理查逊（Samuel Richardson）[③] 的《帕米拉》（*Pamela*）、《克拉丽莎·哈洛》（*Clarissa Harlowe*）和《查尔斯·葛兰底森爵士》（*Sir Charles Grandison*），又如拉克洛（Pierre Choderlos de Laclos）[④] 的《危险关系》（*Les Liaisons Dangereuses*）。对读者来说，读到小说人物之间虚构的往来书

---

① 阿尔兹海默症，俗称老年性痴呆症，是一种因年龄老化引起的对患者的认知功能造成持续损伤的疾病。——译者注

② DICKINSON E. 441 [This is my letter to the World] //JOHNSON T H. The complete poems of emily dickinson. Boston: Little, Brown, 1890, 1960: 211.

③ 塞缪尔·理查逊（1689—1761），18世纪英国著名小说家，保守派作家，作品有《克拉丽莎·哈洛》《帕米拉》等。他关注婚姻道德问题，多以女仆或中产阶级女性为主人公，善于描写人物情感和心理，开创了此后英国家庭小说的一种模式。其中，《帕米拉》开创了英国感伤主义文学的先河。——译者注

④ 拉克洛（1741—1803），法国官员、将军，以其书信体小说《危险关系》著称。——译者注

信，使他们有种好似情报员窃听电报的乐趣——书信有种过去式无法提供的即时感，书中人物的谎言和操纵也能被“当场”察觉，或者说理论上是这样的。

关于写作及其给人带来的独特焦虑感，我想再多说两句。我小时候，小女孩生日聚会上流行玩一个游戏，是这样玩的：

孩子们围成一圈，其中一人拿着手帕绕着圆圈外围走，与此同时，其他人唱道：

> 我写信给我亲爱的，
> 这封信在途中掉了，
> 一只小狗将它捡起，
> 然后放进它的兜里。

接着就有人学狗叫，其间手帕被扔在了某人的身后，接下来，谁的身后扔了手帕，谁就要在人群的外围追赶那个扔手帕的人。我对这个游戏一点也不感兴趣，但我一直在担心游戏里唱的那封信——信弄丢了，收信人永远都收不到它了，多么可怕啊！同样可怕的是，这封信被别人捡到了！唯一让我感到安慰的是狗不识字。

自从文字发明以来，这样的事故就显然有了发生的可能性。一旦文字被写下来，它们就成了实体物品的一部分，必须承担其风险。国王的书信被调包，而信差并未觉察，导致无辜的人被判死刑——这并非只是古老的民间传说。伪造书信，信件丢失从而使收信人永远无法收到，信件被毁坏或者被错的人收到——不止这些，还有伪造手稿，书稿遗失从而永远没人读到，书被焚烧，书的读者没有读懂作者写书的意图，或者读懂了书的意图但对其深恶痛绝——这些混淆、错误、误解和恶意的行为已经发生过很多次，并且还将继续发生。在被独裁政权盯上、监禁和杀害的人的名单中，总有一些是作家，他们的作品显然就是落入了错误的读者手中。射进他们脖子的子弹是一种很糟糕的书评。

但是，每一封信、每一本书都有一个预期的读者——真正的读者。那么，如何将书信或书准确送达预期读者的手中呢？温斯顿·史密斯在写日记时发现，只有自己作为自己唯一的读者无法使他满足。他选择了一个理想的读者——一个名叫欧布莱恩（O'Brien）的党员干部，他认为他在欧布莱恩身上发现了和自己一样的颠覆思想的迹象。他觉得欧布莱恩会理解他。温斯顿没猜错：他的预期读者确实了解他。欧布莱恩已经想过温斯顿正在想的事，但欧布莱恩这样想的目的是为反制行动做好准备，因为他是秘密警察。他的理解就是温斯顿背叛了政权，于是他逮捕了可怜的温斯顿，然后销毁他的日记，毁灭他的精神。

欧布莱恩是理想的一对一的“作者—亲爱的读者”关系（读者正是预期读者）的负面或邪恶版本。“邪恶读者”的近期版本出自斯蒂芬·金（Stephen King）笔下。斯蒂芬·金善于描写极端偏执狂，每一种品味的偏执狂他都写得出来，所以其中自然也有描写偏执狂作家的书。这本书的名字叫《头号书迷》（*Misery*）[①]。书中的作家描写了一位名叫“苦儿”（Misery）的不幸少女的遭遇和经历，这个作家随后落入了一个精神错乱的护士手中，她号称自己是这个作家的“头号书迷”。有经验的作家当时就会跑去卫生间，然后从窗户逃跑，但书中的男主角没法逃，因为他在车祸中丧失了行动能力。他的“头号书迷”想强迫他专门为她续写一本关于苦儿的书。他随后意识到，她计划在他写完书后将他杀害，然后她就能成为这本书的唯一读者。这是一个类似“苦丹的迷宫”（Sultan's Maze）[②] 主题的故事——很多故事

---

① KING S. Misery. New York：Viking，Penguin，1987.

② “苏丹的迷宫”，是由宝石软件公司（Gem Software）于 1983 年在英国发售的一款游戏。该游戏中，苏丹在访问汉普顿宫时，其珠宝被抢劫，他的保镖想要去找回主人的珠宝却被盗匪集团杀害。——译者注

都运用了这一主题，包括《歌剧魅影》（*The Phantom of the Opera*）[①]；这一主题的内涵就是，一件艺术品的赞助人想杀害该艺术品的创作者，从而成为唯一知道该艺术品秘密的人。《头号书迷》的男主角经过一番挣扎后最终得以逃生，这不禁让我们反思：一对一的“作者—亲爱的读者”关系可能会因为过于紧密而让人不适。

当读者把作者和作品混淆在一起时，同样会让人感到不适：这种读者会忽略这二者之间的中间地带，想通过了解作者本人来了解其作品。我们很容易认为作品是作家和读者之间沟通的媒介。但是，作品难道不也是一种伪装，甚至是一面盾牌（一种保护）吗？戏剧《西哈诺·德·贝尔热拉克》（*Cyrano de Bergerac*）[②] 讲述了一个大鼻子诗人，他伪装成他人向女主人公表白爱意，但正是他本人写的那些文采动人的情书赢得了女主角的芳心。因此，书这种形式在表达书本身的思想和情感的同时，也隐藏了虚构此书的作者。西哈诺（Cyrano）的书和一般的书区别在于：西哈诺在他的书中表达了自己的情感，但一本书中的思想和情感并不一定是作者自己的思想和情感。

尽管读者会给作者带来伤害，但作者必须要假定读者，而且作家也总是假定读者，只不过很少是清晰、具体的形态——除了最基本的读者，即献词页（dedication page，如“谨以此书献给 W. H. 先生”[③]“谨以此书献给我的妻子”等）上提及的人，或“致谢”中感谢的朋友和编辑们。除了这些人外，一本书的读者很大程度上是未知的。下面的引文就是艾米莉·狄金森关于这一主题的文字：

我是“无名者”！你是谁？

---

① LEROUX G. The phantom of the opera. New York：HarperCollins，1988.

② ROSTAND E. Cyrano de Bergerac（初版于 1897 年）：New York：Bantam，1954.

③ 《莎士比亚十四行诗》（*Shakespeare's Sonnets*）献给此人。

你也是个“无名者”吗？
如果是，那我们可算是一对！
不要告诉别人！——他们会到处宣扬——你懂的！

做一个“有名有姓者”多么枯燥乏味！
多么高调——就像青蛙，
会将自己的名字——整个六月——
向崇拜他的泥塘宣扬！①

作者是“无名者”（Nobody），读者也是无名者，从这个意义上说，所有的书都是匿名的，所有的读者亦然。与演戏和看戏不同，写作和阅读都是包含一定的孤独性甚至秘密性的活动。我认为艾米莉·狄金森所说的“无名者”具有双重意义——既指微不足道的小人物，又指永远都不为人知的隐形作者，在向永远都不为人知的隐形读者讲话。

如果作者是“无名者”，在对无名读者（作者的同类、兄弟、伪君子——如波德莱尔所言②）讲话，那么艾米莉·狄金森所谓的“枯燥乏味的有名有姓者”和“崇拜他的泥塘”从何而来呢？

出版改变了一切。“他们会到处宣扬”，艾米莉·狄金森如是警告道。她说得太对了！一旦作品发行，预期的读者就不可能只有一个人——朋友、爱人甚或是个无名者。一旦出版，作品就会自我复制，其读者与作者就不再是亲密的一对一的关系。相反，读者也会像书的数量那样不断增加。最终，这些无名读者加在一起，就构成了阅读大众。如果作者获得成功，他就成了一个“有名有姓者”（Somebody），

---

① DICKINSON. 288 [I'm nobody! who are you?] //Complete Poems：133.

② “虚伪的读者！——你！——我的孪生手足，我的兄弟！”BAUDELAIRE C. To the reader//CAMPBELL R. Flowers of evil. Norfolk，USA：New Directions，1955：4。

他的读者群就成了“崇拜他的泥塘”。但要从一个无名者变成一个有名有姓者，必然会经历很多创伤。无名作家必须抛开隐形的斗篷，披上可见的斗篷。正如玛丽莲·梦露（Marilyn Monroe）据传曾说过的：“如果你是一个无名者，那么你不可能变成有名有姓者，除非你变成另一个人。”①

那么，疑问又来了。正在创作某部作品的作者与假定的作品接受者（即“亲爱的读者”）之间的关系，跟大量印刷的作品与“阅读大众”之间的关系大不相同。“亲爱的读者”是单数——第二人称单数“你”；但当一部作品和它“亲爱的读者”都成千上万地增长时，这本书就变成了一个出版数据，无名者也将被量化，变成市场，进而转变成数量巨大的第三人称复数“他们”，而“他们”可是一个与“你”完全不同的概念。

被“他们”所知的结果就是“出名”。从 18 世纪末到 19 世纪末，作家对于“名气”“出名”的态度发生了巨大的变化。在 18 世纪，读者群被认为是有教养、有品位的，例如，伏尔泰将他的名气视为人们对他才华的尊重，而不是一个负面因素。甚至早期的浪漫主义作家也丝毫不反感出名这件事；实际上，他们都渴望出名。“名誉的号角就像一座‘力量’之塔，那些雄心勃勃的人再怎么吹它，它都安然无恙。”② 约翰·济慈曾在一封信中如是说。但到了 18 世纪末，受过教育的人越来越多，可怕的资产阶级（更不用说更可怕的泱泱大众）此时决定了书的销量，出版变成了商业，“出名”和“流行”被等同了起来。因此，小众但有鉴别力的读者群此时反而对作家更有吸引力。

---

① 许多玛丽莲·梦露的传记都提到了这句话。

② KEATS J. Letter to Benjamin Robert Haydon，May 10 - 11，1817. BUSH D. Selected poems and letters. Cambridge，MA：Riverside Press，1959.

作家对名誉的这种态度一直延续到了 20 世纪。例如，格雷厄姆·格林（Graham Greene）[①] 的小说《恋情的终结》（*The End of the Affair*）中有一个角色，是个卑鄙的小说家，名叫莫里斯·本德里克斯（Maurice Bendrix）。他受到了为艺术而艺术思想的影响，知道自己即将犯大错，成为一个“低俗的成功作家”[②]。他即将接受一个打算将他写进文学杂志的评论家的采访，心想：

> 我非常清楚……他将发掘出我没有意识到的隐藏意义，我也深知那些我疲于面对的过错。他最后可能会以施恩者的姿态将我置于高出毛姆（Maugham）一点点的位置，因为毛姆很流行，而我还未犯流行之罪。不过，尽管我还保有一点成名前的独特性，但一些短评就像机智的侦探一样，能嗅到我正走在通往犯罪的路上。[③]

格林这是在挖苦讽刺，但他所讽刺的这种态度的确存在：过于流行在当时仍被视为罪行，如果你想成为一个过去所谓的“清高”作家的话。在西里尔·康诺利的《承诺之敌》（*Enemies of Promise*）中，过于成功和过于失败都让人害怕。一个年轻作家要警惕的其中一个方面就是他的潜在读者，因为一旦你开始安慰自己“不管评论家们怎么说，至少读者还喜爱我”，那么你就不再是一个严肃作家。“在文学的所有敌人中，成功是最为阴险的一个。”[④] 康诺利曾这样说，他还引

---

① 格雷厄姆·格林（1904—1991），英国小说家、剧作家和批评家，一生作品众多，多探讨现代人的复杂性以及道德和政治话题，其多部作品被拍成了电影。——译者注

② GREENE G. The end of the affair. New York：Penguin，1999：129.

③ 同②148。

④ CONNOLLY C. Enemies of promise. Harmondsworth，Middlesex：Penguin，1961：129.

用了特罗洛普（Anthony Trollope）[①] 的话："成功是一种毒药，年纪大点才可以吃，而且剂量要小。"[②] 如果认为只有成功的人才会说这样的话，似乎显得轻率，但康诺利进一步阐释，将成功细分为三种：第一种是社会成功（social success），这种成功不赖，因为它能带来物质财富；第二种是职业成功（professional success），即获得同行艺术家的肯定，这种成功总的来说是件好事；第三种是世俗成功（popular success），很危险。康诺利把作家的世俗成功又进一步分为三种：因作家的娱乐价值而成功；因政治原因获得成功；因作家有人情味而成功。康诺利认为，在这三种因素中，对艺术最无致命影响的是政治，因为政治变化无常，所以作家要以此自鸣得意不太可能。娱乐型作家不能从明智合理的批评中获益，因为从来就没有这种批评；他的命运就是"不停地继续下去，直到有一天醒来时，发现自己已经不再出名"[③]。但是，那些有人情味的作家可能会毁掉自己的艺术事业——康诺利说："对于那些利用受苦人群的心理，把它当作一座金矿来开采的作家来说，尖锐刻薄的评论、同行的鄙夷或优秀者的漠视都不能影响到他们。"[④]

康诺利并非唯一一个有如此分析的人，实际上，无论在他那个时代，还是在我这个时代，这种观点在那些有抱负的艺术家当中一直比较流行。以伊萨克·迪内森的小说《手持康乃馨的人》（*The Young Man With the Carnation*）为例，小说讲了一个名叫查理的作家，他的第一部小说就大获成功，讲述的是穷人的挣扎。然后，查理感觉自己像是作了弊，因为他不知道接下来应该写什么：他不想再写穷人，

---

① 安东尼·特罗洛普（1815—1882），英国小说家，共写了 47 部小说，是维多利亚时代最高产、最成功、最受敬仰的作家之一。——译者注

② CONNOLLY C. Enemies of promise. Harmondsworth，Middlesex：Penguin，1961：134.

③④ 同②133。

甚至不想再听到一个关于穷人的词语，但是欣赏他的人和公众已经判定他是一个高尚的作家，他们期待他继续写出更多更好的关于穷人的作品，如果他转而去写别的，他们会觉得他肤浅和虚伪。他感觉自己无论怎么做，都注定会失败——注定会让公众（庞大的“他们”）失望。他甚至无法毫无顾忌地自杀：“现在，名誉的耀眼聚光灯照在他身上，千百双眼睛都看着他，无论他失败还是自杀，都将是一个世界知名的作家的失败和自杀。”[①]

任何一个曾获得成功的作家都曾面临这些疑惑：是继续写与已获得成功的作品相似的东西，以迎合“他们”（大众）？还是转而去写不同的东西，让“他们”失望？或者更糟糕的情况可能是：你继续写同类的东西去迎合“他们”，结果被“他们”指责是在重复旧东西。

有些你读过的故事（通常是你很小的时候读的）对你来说可能具有象征意义。对我而言，雷·布拉德伯里（Ray Bradbury）[②] 的短篇小说集《火星纪事》（*The Martian Chronicles*）中的《火星人》（*The Martian*）就是这样一个故事。故事情节是这样的：美国人把火星变成了殖民地，火星的一部分变成了一个退休养老镇。火星土著人可能已经绝迹，或被驱逐到山里去了。一对中年美国夫妇在移民火星前在地球上痛失了年幼的儿子汤姆。一天半夜，他们听到有人敲门，他们看见一个小男孩站在院子里，长得很像他们死去的儿子。丈夫蹑手蹑脚地下楼去开了门。第二天早上，他们看到汤姆就在他们面前，活生生的，气色很好。丈夫猜想那一定是个火星人，但妻子无条件地接受

---

① DINESEN I. The young man with the carnation//Winter's tales. New York：Vintage，1993：4.

② 雷·布拉德伯里（1920—2012），举世闻名的美国科幻小说家，代表作有《火星纪事》《太阳的金苹果》《R 代表火箭》《明天午夜》等。——译者注

了汤姆。于是，丈夫也相信那是他们的儿子，因为即使是儿子的复制品，也总比没有儿子好。

一切都很正常，直到他们去镇上。男孩不想去，理由很明显——他们到镇上不久，他就消失了；但另一家人却发现他们已死的女儿重现了。男主人公猜到了真相——这个火星人的外形取决于别人的愿望，也取决于他满足他们愿望的需要——于是试图去将汤姆抓回来，但这个火星人无法变回汤姆，因为另一家人的愿望太强烈了！“你曾经是汤姆，你现在也是汤姆，不是吗?”男主人公难过地问道。“我不是任何人，我只是我自己。”① 火星人回答道。这种说法很是奇怪：把自我等同于虚无。②“无论我在哪里，我都会变成某种东西……”火星人说。他说得对，因为火星人又变回了汤姆，但另一家人又开始追他。事实上，火星人所邂逅的所有人都会在他跑开后去追他。他“如银般的脸”像镜子，在城镇的灯光中闪闪发光。被人围住后，火星人发出尖叫，脸上掠过一张又一张面孔。“他是一团可融化的蜡，会按照人们的想法成形。”布拉德伯里写道，“他的脸会因每一个需求而变化”。火星人倒地死亡，变成了一摊糅合了各种特征的蜡泥，再也无法辨认。

自从我开始出书，并看到别人的评论——我仿佛发现几个我不怎么认得出来的人贴着我的名字四处溜达——布拉德伯里的这个故事对我就有了新的意义。“原来如此——我的脸正在融化，我就是那个火

---

① BRADBURY R. The martian//The martian chronicles. New York：Bantam，1946，1977：127.

② 与第二章有关且值得一提的是，博尔赫斯很喜爱《火星纪事》（*The Martian Chronicles*）。见 BORGES J L. Ray Bradbury：the martian chronicles//WEINBERGER E. The total library：non-fiction 1922—1986. London：Allen Lane，Penguin Press，1999：418－419。

星人”我心想。这个故事解释了很多问题。济慈赞扬“消极的能力”[①]，一个作家必须多少有点这种品质，否则他写出来的人物就只是他自己观点的传声筒。但作家如果有太多的这种消极能力，不就会有因读者的愿望和恐惧过于强烈并与他自己的愿望和恐惧相互作用，从而变成可融蜡泥的危险了吗？有多少作家曾戴上（或被强加上）其他面孔，然后无法将它们脱去?!

在本章开头，我提出了三个问题。第一个问题是关于作家与读者的关系——作家为谁而写作？答案包括“不为谁而写”和“崇拜他的泥塘”。第二个问题是关于书：作为作家和读者之间的中间点，书有什么功能或职责？

之所以使用“职责”一词，是因为我们假定书是一种有自我意志的事物，因此是一个值得研究的文学概念。邮局有个部门叫“死信办公室”（Dead Letter Office），专门处理那些无法投递的信件。“死信”这一术语意味着其他信件都是“活的”——这种说法当然有点荒谬，但它是一种自古盛行的思维方式。例如，基督教的《圣经》常常被称作“活的上帝之言”。再举一例：几百年前，男作家们流行说自己怀了“圣灵”的语子（wordchild），甚至说怀了缪斯（Muses）[②]的语子。如果你顺着这种性别颠倒往下想，这些作家可能会把书的写作和出版描述成书的妊娠和最后的诞生。当然，书和婴儿其实一点都不像——其中部分原因很污秽——但“文字是活的”的传统说法却一直

---

① 济慈将“消极的能力”定义为：“……一个人在身处不确定、神秘、疑虑之中时，能做到不急于去探求事实和原因”。“Letter to George and Thomas Keats”, December 22, 1817，诗选及书信选编。

② 缪斯，希腊或罗马神话中的九位女神，均为宙斯或朱庇特之女，专管诗歌、音乐、舞蹈、历史及其他文艺科目，常象征艺术创作的灵感。——译者注

存在。因此，持类似观念的众多作家之一伊丽莎白·芭蕾特·布朗宁[①]曾如是说："我的信啊！虽然纸张是死的……苍白无声的，但它们却仿佛正在活生生地颤抖……"[②]

我读大学时，一位教授兼诗人常说，对于任何作品，只需问一个问题：它是活的还是死的？我同意他的看法，但他所谓的"活"或"死"的具体内涵是什么呢？生物学的定义可能是：活物能发育和改变，并能繁育后代，死的东西则是呆滞不变的。一本书如何才能发育、改变并繁育后代呢？——唯有通过书与读者的互动，无论这个读者与该书作者在时空上相距多么遥远。在电影《邮差》（*Il Postino*）[③]中，卑贱的偷诗的邮差对诗人巴勃罗·聂鲁达（Pablo Neruda）说："诗歌不属于创作者，它们属于那些需要它们的人。"[④] 他说得有道理。

任何被人类用作象征的事物都有其消极或邪恶的版本；我所记得的"书自有生命"的最邪恶版本来自卡夫卡。有个犹太传说，讲的是一个有生命的假人，只要在他嘴里放入刻有上帝名字的卷轴，他就会复活。但这个假人有时会失去控制，狂暴作乱，这时候人就有麻烦了。[⑤] 我要说的这篇卡夫卡的短篇小说《在流放地》（*In the Penal Colony*）就是类似这种假人的故事，讲的是一台司法机器，被当局用来处罚犯人，这些犯人事先并不知道自己犯了什么罪。要启动这台机

---

① 伊丽莎白·芭蕾特·布朗宁（1806—1861），英国女诗人，维多利亚时代最受敬仰的女诗人。——译者注

② BROWNING E B. "Sonnets from the Portuguese" //xxviii BROWN E K, BAILEY J O. Victorian poetry. New York: Ronald Press, 1962.

③ 《邮差》是 1994 年公映的一部意大利电影，由迈克尔·雷德福（Michael Radford）导演，讲述了智利诗人巴勃罗·聂鲁达以及他与一个单纯的邮差之间的故事，这个邮差通过学习，渐渐爱上了诗歌。——译者注

④ *Il Postino*, Massimo Troisi 等编剧，Michael Radford 导演。

⑤ PETISKA E, SVÁBOVÁ J. Golem. Prague: Martin, 1991.

器，只需将一个写了句子（该句子系由已故的殖民地前指挥官创作）的纸条插入机器顶部即可。这个“句子”具有两个意思：它既是语法术语“句子”，也是即将执行的对犯人的“判决”（这个句子将被刺到犯人身上）。[①] 这台机器被启动后，就会实施其功能——以一排像笔一样的玻璃针，用精细的、带有很多花边的书法在犯人的肉身上刻写那个句子。按照设计，六个小时后，犯人就应该会开始明白刻在他身上的内容是什么。崇拜这台机器的官员说：“即使是最迟钝的犯人，最后也会渐渐明白刻在他身上的句子。先是眼睛一亮，然后渐渐扩散开……最后的结果就是，犯人开始解读出刻在他身上的文字，他紧闭双唇，仿佛在聆听什么似的。”[②]（这种教阅读的新方法，尚未在学校试验过。）

故事的结局是这样的：那个官员在意识到老的法律文书如今已变成死文书后，牺牲自己，亲自去试验自己钟爱的机器；但是，这一次机器无法正常运转，它的齿轮和轮子掉落下来并滚走了，不过此时机器开始有生命，不停地运转，不停地在官员的身上刺字，直到官员毙命。

这个故事中的“书写者”（刺字者）不是人，书写的“纸张”是解读者的肉身，而文本内容无法解读。诗人弥尔顿·阿康（Milton Acorn）[③] 有一句诗：“正如一首诗将诗人擦净，然后重写诗人。”[④] 这句诗同样把文本看作是有主观能动性的参与者，但我认为卡夫卡的故

---

① 英文单词“sentence”是一个多义词，其中包括“句子”和“判决”。——译者注

② KAFKA F. In the penal colony//The transformation and other stories：London：Penguin，1992：137.

③ 弥尔顿·阿康（1923—1986），加拿大诗人、剧作家，被其同行称为“人民诗人”。——译者注

④ ACORN M. Knowing I live in a dark age//ATWOOD M. The New Oxford book of Canadian verse in English. Toronto：Oxford University Press Canada，1982：238.

事八成没有体现他的意思。

“活的文字”大多会以积极得多的方式出现。在剧院——尤其是伊丽莎白时代的剧院，文本常常会在剧末“跳出它的框架”，那一刻，剧根本不是剧，而是像它的观众那样活过来。其中一个演员会走到舞台的前面，直接对观众讲一席话，大意是：“大家好！真实的我不像你们想的那样，其实我是一个演员，你们看，这是我的假发。尽管这出戏不完美，但希望你们喜欢它，如果你们喜欢它，请你们善待我们这些演员，给我们一点掌声。”或者，有时在主要剧情开始之前会有一段开场白——一个演员会讲几句有关这出戏的话，向观众推荐它，讲完再退回表演的场景中去，变回剧中人物。

这种推荐，或揭示与总结，被很多长篇小说和长诗的作家运用，通常以小插曲的形式出现，要么作为开场白（楔子），要么作为后记（跋）。这种形式的最明显的前身就是，小说家假装他的书是一部剧作，比如，萨克雷在《名利场》的开头有一个部分，叫“开幕前的几句话”，他在其中写到，他的这本书是“名利场”中的一出木偶戏，这个“名利场”中也包含了读者，而他（作者）只是这场“表演”的“经理”。在书末，萨克雷则说：“来吧，孩子们，让我们关上箱子，收起木偶，因为我们的戏已演完。”但在很多前言或后记中，作家们揭示自己是作品的创作者，并写些为书中角色辩护的文字，就像求职推荐信一样，或像专利药品瓶子上的推荐文字（可能是引述一个满意用户的评价）。

或者，在小说的结尾，作家会给他的书“送行”，仿佛它即将开启一段旅行——作家祝它一切顺利，然后“看着它上路”；作家可能还会跟那些在这个旅程中作为默默参与者和合作者的读者告别。前言和后记中常有很大的篇幅谈到作者和书，以及书和读者之间的复杂而密切的关系。在作家笔下，他的书常常是“小”的，他会说“出发吧，小书”——仿佛他的书是个孩子，现在必须自己踏上它在这个世界上的旅程；但是，它的旅程——它的职责——在于使自己到达读者，并尽可能将书的意义传达给读者。普里莫·莱维在他写给德文译者的一封信中说：“这是我写的唯一一本书，现在……我感觉自己像个父亲，儿子已经成年离开，而我将再也不能照顾他了。”[①] 最无邪可爱的后记之一出自无赖的、一生穷困潦倒的法国诗人弗朗索瓦·维庸（François Villon）[②] 笔下，他用自己的诗将一个非常紧急的消息传达给一个富有的王子：

> 去吧我的信，向前飞奔吧！
> 虽然你没有脚，也没有舌头，
> 但请你慷慨激昂地告诉他，
> 我已被身无分文的窘境碾压。[③]

其他作家没有弗朗索瓦·维庸这么直白；相反，他们表现出了对读者的友好和关心。以下就是俄国诗人普希金（Alexander Pushkin）在他的诗《尤金·奥涅金》（*Eugene Onegin*）[④] 结尾优雅地向读者告别的话语：

> 读者，我希望，在我们分别之时
> ——不管你是朋友，还是仇敌
> ——我们的心里都充满暖意。

---

① LEVI P, ROSENTHAL R. The drowned and the saved. London: Abacus, 1999: 142.

② 弗朗索瓦·维庸（约1431—约1474），法国诗人、盗贼、流浪汉。——译者注

③ VILLON F. Ballade [My lord and fearsome prince] //KINNELL G. The poems of François Villon, Boston: Houghton Mifflin, 1977: 197.

④ 《尤金·奥涅金》是亚历山大·普希金创作的韵诗体小说，是俄国文学经典之一，其男主人公成了后来的很多俄国文学男主人公的典范，现行版本出版于1837年。——译者注

再见了，本书到此为止。
不管在这本粗糙的作品里
你寻找的是什么——是骚动的回忆，
还是从劳苦和疼痛中得到休憩，
或仅仅是挑挑书中的语法错误，
还是浓重的色彩，诙谐的话语——
上帝保佑，愿你从这本小书里
得到满心的欢喜或尽情的乐趣，
用其追逐梦想或打新闻战。
上帝保佑，愿你至少收获点滴。
再见了，我们将分别于此。[①]

这类文字最早、可能也是最完整的两篇是约翰·班扬（John Bunyan）[②] 的《天路历程》（*The Pilgrim's Progress*）上卷和下卷各自的序言。《天路历程·上卷》的序言“本书作者致歉信”（The Author's Apology for His Book）更像是为该书打广告，大意是“这些是本书能使你受益的诸多地方，外加一长串的有益身心的元素”；但在该书下卷的序言《天路历程·下卷》“作者道别词”（The Author's Way of Sending Forth His Second Part of the ‘Pilgrim’）中，该书变成了一个人：

我的小书啊，现在出发吧，
到《天路历程·上卷》曾经露脸的每一个地方去，

---

① PUSHKIN A. Eugene Onegin//YARMOLINSKY A. The poems，prose and plays of Alexander Pushkin. New York：The Modern Library，1936：301.

② 约翰·班扬（1628—1688），英国清教徒牧师和传道士。其最有名的著作《天路历程》（1678—1684）是一部宗教寓言，表达了清教主义的宗教观，叙述一个基督徒生死存亡的惊险故事。书一出版后，其受到平民百姓欢迎的程度仅次于《圣经》。除了履行牧师的职责外，在其生命的最后10年中，班扬还出版了大量作品。——译者注

在他们门前叫唤，若有人问“谁呀?”
你就回答“我是克里斯蒂娜①。”②

班扬接着给了他的书一长串详细的吩咐，但它被他分派的任务吓到了，于是开始抗议主人。班扬安慰它，回应它的反对意见，告诉它在各种不同的场合要如何说话；最后，他告诉它（她），无论它（她）多么精彩，总会有人不喜欢它（她），因为事实就是如此：

有人不喜欢奶酪，有人不喜欢鱼，
有人不爱朋友，甚至不爱自己的家庭；
有人讨厌猪、鸡和所有家禽，
也不喜欢杜鹃和猫头鹰。
我的克里斯蒂娜啊，任由他们选择去，
去寻找那些见到你满心欢喜的人吧。③

我想，班扬的建议对任何一本书都很有用，且振奋人心。《古舟子咏》（*The Rime of the Ancient Mariner*）④中的老水手（The Ancient Mariner）有一个不会选择、只会聆听的倾听者，但不是所有讲故事的人都有这样明亮的眼光，或者说有这样的运气。班扬在序言的结尾处说了一段祈祷的话，很具有清教徒气质，对书的经济价值直言不讳，很朴素，很实在：

---

① 在《天路历程·上卷》中，班扬笔下的克里斯蒂娜（Christiana）是基督徒（Christian）的妻子，他们互为对方的另一半，这从二者名字中可以看出。——译者注

② BUNYAN J, SHARROCK R. The pilgrim's progress. London: Penguin, 1987: 147.

③ 同②151-152。

④ 《古舟子咏》是英国诗人塞缪尔·泰勒·柯尔律治（Samuel Taylor Coleridge）创作于1797—1798年的一首中世纪歌谣体叙事长诗，后收入并发表于《抒情诗集》（*Lyrical Ballads*, 1798）中。该诗是柯尔律治最长的、最重要的一首诗，故事以老水手在海上的经历为中心展开。——译者注

末了，希望喜爱本书和我的人
都从这本小书里获得福分，
希望本书的买主没有任何理由
说他买书的钱只是浪费或白丢。①

就这样，克里斯蒂娜又变回了书——一本作为物品的书、一件用于出售的物品。

实际上，这种从书到人、从人到书的转变很常见。但它也可以是一把双刃剑。我们都知道，书并不是人，它不属于人类，但如果你是一个把书当作书（物品）的爱书人，你忽略了书中“人”的要素（书有自己的声音），那么你就会犯灵魂的错误，因为你会变成一个偶像崇拜者或是恋物癖者。埃利亚斯·卡内蒂（Elias Canetti）的小说《信仰的行动》（*Auto da Fé*）的主人公彼得·基恩（Peter Kien）就是这样的人。*Auto da Fé* 的英文意思是“act of faith”（信仰的行动），指大规模地烧死被宗教法庭判定为“异教徒”的人。基恩是一个藏书家，他喜爱书的物质实体，但他不喜欢小说——因为小说太过感性。基恩深爱自己收藏的这些书本物体，但爱的方式是扭曲的：他不断囤积书；但当一个求知若渴的小男孩想看看他的书时，他却拒绝了他，还将他踢下楼，我们于是知道，基恩有精神问题。

在该书的开始部分，基恩做了个噩梦。他梦见熊熊燃烧的烈火，阿兹特克②式的活人献祭正在进行。但当被献祭者的胸膛被打开后，掉出来的不是心脏，而是一本接着一本的书，全都掉进了火焰中。基恩叫被献祭者关上他的胸膛，以保护那些书，但是那人没听他的——

① BUNYAN J，SHARROCK R. The pilgrim's progress. London：Penguin，1987：153.

② 阿兹特克族（the Aztecs），西班牙入侵前的墨西哥中部土著印第安族，于16世纪初灭亡。——译者注

只见越来越多的书涌出来。基恩冲进大火中去救那些书，但每当他伸手去救一本书时，抓到的却是一个尖叫的人。基恩大叫：“放开我！我不认识你。你缠着我做什么？你这样叫我怎么抢救那些书！”[①]

但是，基恩没有领悟这个梦的关键——他梦中看见的那些人就是书，它们是书中的“人”的要素。基恩听见上帝的声音：“这里没有书。”但他误解了上帝的意思。在小说的结尾，基恩所收藏的书全都复活了，并开始反抗他——它们是他的“囚犯”，一直被锁在他的私人图书室里，现在，这些书希望它们所承载的知识得到解放，因为正如我所说的，书必须在读者中间流传才能保持生命。最后，他把这些书付之一炬，自己也同归于尽——这是“*auto da fé*”（信仰的行动），是异教徒的命运。书在燃烧时，他听到书中的文字从他所创造的“死信办公室”里逃出来，重新回到外面的世界。

有时，作者允许书自己说话，不加干涉。下面是杰伊·麦克弗森（Jay Macpherson）[②] 的一首诗，名叫《书》（*Book*）。这不仅是一本会说话的书，还是一个谜语，答案就是诗题。

亲爱的读者，我不像你一样有血有肉，
我不能像你一样去爱，你也不像我，
但我可以像你一样下水搏击惊涛洪浪，
犹如一艘朽船航行在凶险的大海之上。

在水流表面自由行动的水蝇
纵然身轻自如，也不比我轻盈；
但以澄澈的眼睛扫视海底的老鲸

---

① CANETTI E. Auto da Fé. New York：Picador，Pan Books，1978：35.

② 杰伊·麦克弗森（1931— ），加拿大抒情诗人、学者，所谓的“神话诗歌派”（mythopoeic school of poetry，常常用滑稽的象征性韵诗表达严肃的哲学问题，并使用神话）的成员。——译者注

纵然巨大，也没有我的浩然胸襟。

虽然依着我主人的意愿我可以
遍及空气、火焰、水里和大地
我的重量握在你手上却毫无负担

我活跃在你的眼中，让你受益。
我是人类的仆人，却也与人厮打在一起：
人抓住我、将我吞下，我造福于他。读者，请将我拿起。[①]

一本“小书”不仅是一艘船、一头鲸、一个和雅各（Jacob）[②] 扭打然后造福于他的天使，还是圣餐中的消费品——是可以被吞食但不可以被损坏的圣食，是既审视自己也审视食客与灵魂的关系的盛宴。读者不仅要与这个天使厮打，还应该将它吸收，使它成为他（她）的一部分。[③]

让我们回到我提出的最后一个问题：读者在阅读时，作者在何处？答案有两个。第一个答案是：作者哪里也不在。豪尔赫·路易斯·博尔赫斯在他的一篇题为《博尔赫斯和我》（*Borges and I*）的短文中插入了一句关于自己的存在的括弧旁白：“（如果我真的是某人的

① MACPHERSON J. Book//WEAVER R，TOYE W. The Oxford anthology of Canadian literature. Toronto：Oxford University Press Canada，1973：322.

② 在《圣经》中，希伯来雅各是犹太人的祖先。这里作者以雅各泛指人类。——译者注

③ 将文字比作食物是个古老的概念。《新约》中的基督即是上帝之言化成的肉身（the Word made Flesh），而这肉身即是圣餐中的圣体。此外，《圣经》中还有可以吃的卷轴（《以赛亚书》第三十四章第 4 节）以及可以吃的书（《启示录》第十章第 8～10 节）。非常有趣的例子可见《汤姆·琼斯》，菲尔丁在序言中写出一份菜单，将此书比作旅馆里的一顿饭。FIELDING H. Tom Jones. New York：Signet，Penguin，1963，1979。

话）"[1] 当我们读者读到这些文字时，括弧中的"如果"变成了一个很大的假设，因为及至读者阅读时，作者可能根本不存在了。作者于是成了隐形人的原型——根本不在那里，但同时又实实在在地在那里，因为"读者在阅读时，作者在何处？"这一问题的第二个答案就是："作者就在这里。"至少我们有"他（她）就在这里，和我们同处一室"的感觉——我们能听到作者的声音，或者说我们能听到某个声音，或者说似乎是这样的。俄国作家艾布拉姆·特兹（Abram Tertz）[2] 在他的小说《冰柱》（*The Icicle*）中写道："看！我正对着你微笑，我正在你的身体里微笑，我正通过你发出微笑呢！如果我在你的手翻书页的每一次颤动中呼吸，我怎么可能是死的呢？"[3]

卡罗尔·希尔兹（Carol Shields）[4] 的小说《斯旺之谜》（*Swann: A Mystery*）[5] 讲述了一个被谋杀的女诗人以及她的读者的故事。小说中，死去的女诗人的诗作原稿已经无法清楚辨识——她把诗写在零散的旧信封上，被人不小心扔到了垃圾堆里，使得这些诗的字迹变得很模糊。更糟的是，一个怀恨在心的内行四处寻找并摧毁她仅剩无几的头版书。所幸的是，有几个读者记住了那些诗或诗的片段。在小说的最后，这些读者通过朗诵片段，创作或者说再创作了被毁的其中一首诗，展现在了读者面前。达德利·扬（Dudley Young）说："伊西

---

① BORGES J L. Borges and I//IRBY J E. Everything and nothing. New York：New Directions，1999：74.

② 安德烈·陀纳妥维奇·辛亚夫斯基（Andrei Donatovich Sinyavsky，1925—1997），俄国作家、古拉格集中营幸存者、法国索邦大学教授、杂志出版家，常以"艾布拉姆·特兹"（Abram Tertz）的笔名写作。——译者注

③ TERTZ A. The Icicle//The icicle and other stories. London：Collins and Harvill，1963.

④ 卡罗尔·希尔兹（1935— ），美国裔加拿大女作家。——译者注

⑤ SHIELDS C. Swann：a mystery. Toronto：Stoddart，1987.

丝（Isis）靠记住欧西里斯（Osiris）的方式维持着欧西里斯的生命[①]。"[②] "记住"（remembering）一词一语双关——它既是记忆的行为，又是"肢解"（dismembering）一词（见译者注）的反义词，或者说我们听起来是这样的。任何一个读者如果要再创作一本他（她）读过的书，都是通过将这本书的一个个片段组装起来（毕竟，我们只能一个片段一个片段地阅读一本书），在他（她）的心里形成一个有机整体的。

也许你还记得雷·布拉德伯里（Ray Bradbury）预言未来噩梦的小说《华氏 451 度》（*Fahrenheit* 451）的结局。[③] 小说中，所有的书都被焚毁，取而代之的是一个个曲面电视屏幕，旨在实行更加彻底的社会控制。小说的男主人公一开始是协助烧书的消防员[④]，后来改变立场，参加了抢救书籍、保护人类历史和思想的秘密反抗运动。后来，他来到反抗者躲藏的森林里，他们各自都变成了一本书，因为他们已将那本书的内容背下。这个消防员认识了苏格拉底、简·奥斯汀、查尔斯·狄更斯等，只见他们都在背诵他们各自所吸收或"吞食"的那本书。在这个故事里，读者实际上已经消除了本章开头提到的"作者—文本—读者"三角关系的中间点，即纸张上的文字，而直接变成了书本身，反之亦然。

至此，本章提出的三个问题我都依次回答了一遍，现在我将再次

---

① 伊西丝是古埃及神话中司生育和繁荣的女神，其丈夫欧西里斯被人杀害后，尸体被肢解，掷到埃及全国各地，伊西丝和她的妹妹将其尸骨一一拾回，给予欧西里斯新的生命，欧西里斯后来成了古埃及统治冥界之神。——译者注

② YOUNG D. Origins of the sacred：the ecstasies of love and war. New York：St. Martin's Press，1991：325.

③ BRADBURY R. Fahrenheit 451. New York：Ballantine Books，1995.

④ 另可参见奥威尔《1984》中的记忆的空洞，以及 HRABAL B，HEIM M H. Too loud a solitude. London：Abacus，1990，或 LEGUIN U K. The telling. New York：Harcourt，2000。

回到第一个问题：作家为谁而写作？我将给出两个答案。第一个答案是一个故事，有关我的第一个真正的读者。

我 9 岁时参加了一个秘密社团，它有着各种特别的握手方式、口号、礼仪和格言。社团名字有点奇怪，叫“棕仙”（the Brownies）①，社团中的小女孩们假装自己是仙女、小矮人和精灵。领导该社团的大人名叫“棕色猫头鹰”，可惜的是，她没有穿猫头鹰套装，小女孩们也没有穿仙女套装，这让我很失望，但也算不上失望透顶。

我不知道棕色猫头鹰的真名叫什么，但我认为她很睿智，也很公正，而我当时的生活中正需一个这样的人，所以我很崇拜她。社团活动的一部分就是完成各种任务，完成后你可能会得到徽章，可将其缝到制服上。通过各种各样的徽章收集项目，比如刺绣、收集秋天的种子等，我用常规的方式制作了一些小书：我将所有纸张对折，用织袜子的毛线将它们缝起来，然后在书中加入文本和插图。我将这些小书拿给棕色猫头鹰看，她很喜欢，这一点对我来说绝对比得到徽章重要得多。这是我经历的第一个真正的“作者—读者”关系。作者是我，中介是我的小书，读者是棕色猫头鹰，结果是她很欣喜、我很满足。

很多年后，我把棕色猫头鹰写进了我的小说《猫眼》（*Cat's Eye*）里，就像我把很多的人和事写进我的书里一样。棕色猫头鹰在小说中依旧吹着口哨，监督着大家进行打结测验。该小说写于 20 世纪 80 年代，我当时以为棕色猫头鹰的现实原型肯定已经去世很久了。

但几年前，一个朋友对我说：“你书中的棕色猫头鹰是我阿姨。”“你的意思是她还在世？”我说，“不可能吧?!”但她确实还在世，于是我们一起去拜访了她。她已经 90 多岁了，但我们彼此都很高兴能再相见。喝过茶后，棕色猫头鹰说：“我想我应该把这些东西还给

① 棕仙，传说中夜间替人干家务活的勤劳善良的小精灵或妖怪。——译者注

你。”说着，她拿出我50年前制作的那些小书——不知为何她还留着——递给了我。三天后，她离开了人世。

这就是我的第一个答案：作家为棕色猫头鹰写作，或者为他（她）当时生命中的某个相当于棕色猫头鹰的人写作——为一个独特、明确、真实存在的人写作。

下面，我将给出我的第二个答案。在伊萨克·迪内森的小说《手持康乃馨的人》结尾，年轻作家查理正为自己的作品感到绝望，这时他听到了上帝的声音：“来吧，我和你订一条圣约。除了你写书所必需的痛苦之外，我不会让你承受额外的痛苦……但你必须写书，因为是我想让你把那些书写出来，不是公众要你写，更不是书评家们，而是我，我！”“那我可以对此确信不疑吗？”查理问道。“不一定。”上帝答道。[①]

所以，作家写作就是为了读者——不是“他们”，而是“你”。作家为“亲爱的读者”写作，为介于棕色猫头鹰和上帝之间的理想的读者写作，而这个“理想的读者”可以是任何人——任何“一个人”，因为阅读和写作一样，永远都是个人的事。

① DINESEN. The young man with the carnation：25. 历来确有许多作家感觉自己是受上帝或某神之命而写作——其中最近引起我注意的是加拿大小说家玛格丽特·劳伦斯，她向作家马特·科恩（Matt Cohen）承认了这一点。Typing. Toronto：Knopf Canada，2000：186。

第六章 下去：与逝者协商

是谁到阴间走一遭？又是为了什么？

啊，伟大的众神，夜的君王，
聪明的众神，熔炉基比尔，
伊拉——冥界的主宰……
请在我的占卜中与我同在！
我谨献上这只羔羊，
望真相显现！

——美索不达米亚诗文[①]

那就建造死亡之舟吧，因为你必须踏上
最漫长的旅程，走向遗忘。
然后你将死去，漫长而痛苦地死去，
这死亡将你旧的自我和新的自我分隔……

啊，建造你的死亡之舟吧，你小小的方舟，
然后在舟中载满食物——小蛋糕，还有酒
为你通向遗忘黑暗之旅做好准备。

——D. H. 劳伦斯：《死亡之舟》（*The Ship of Death*）[②]

冬天笼罩着黑井，
我面朝黑井背对着天，
想看看那漆黑的井水之中
是否有东西扰动，

---

① SANDARS N K. A prayer to the gods at night//Poems of heaven and hell from ancient Mesopotamia. London：Penguin，1971：175.

② LAWRENCE D H. The ship of death//ELLMANN R，O'CLAIR R. The Norton anthology of modern poetry，second edition. New York：Norton，1988：372－373.

闪烁，或眨眼。

或者，我从井底向上仰望，
看见皓白的天空，我的眼瞳——
注视着所有失去的和所有发光的——
我的冬天与死者共度：

一口装有真理、意象、言辞的井。
在猎户星低垂的星空，
我看着东至的穹窿变成了阶梯，
看见群星升起。

——杰伊·麦克弗森：《井》（*The Well*）[①]

移动的和活着的
占据着相同的空间
触摸到曾触摸了他们的
欠他们……

站在齐膝的，满是他们
轻飘飘的骨头的泥土中
在考古学的日光下……

站在齐腰深的纵横交错的
阴影之河中
在黄昏的小村里
猎人们沉默不语
女人们弯身烤着暗火

---

① MACPHERSON J. The Well//Poems twice told：the boatman and welcoming disaster. Toronto：Oxford University Press，1981：83.

我听到了他们破碎的辅音

——阿尔·珀迪（Al Purdy）：《一个印第安村庄的遗迹》（*Remains of an Indian Village*）[①]

请从我双手的掌心拿取

阳光与蜂蜜的碎片并以此为乐

就像珀尔塞福涅的蜜蜂们叫我们做的那样

——奥西普·曼德尔施塔姆（Osip Mandelstam）[②]：《请从我手心获取快乐》（*Take for Joy from the Palms of My Hands*）[③]

在我年岁尚小、不加分辨地读书的时候，我无意翻到父亲的一套旧书，名叫《每个人的图书馆》（*Everyman's Library*）。这套书的衬页有着那个时代典型的威廉·莫里斯（William Morris）[④] 式风格——上面常画着花、叶子和一个女子，女子穿着优美的中世纪服装，手里拿着一只卷轴和一根树枝，树枝上结了三个苹果或其他圆形的水果。花叶图案的间隙印着一句箴言："每个人，我将与你同行，做你的向导；在你最需要我的时候，我将在你身边。"在我读来，这句话很是抚慰人心。这些书宣称它们是我的伴侣，承诺将在我的旅程中陪伴我，不仅会给我一些有益的启发，而且每当我有需要的时候，它们总会在我身边。有可以依靠的人，总是好的。

---

① PURDY A. Remains of an Indian village//Beyond remembering：the collected poems of Al Purdy. Madeira Park，BC：Harbour Publishing，2000：53.

② 奥西普·曼德尔施塔姆（1891—1938），俄罗斯最伟大的诗人之一、文学评论家，在生活和创作上从不屈服于外界的压力。其诗歌深奥，不问政治，如诗集《哀歌》。1933 年，他因讽刺斯大林而被捕，1938 年再次被捕，死于羁押中。他的大部分作品直到斯大林死后才得以在苏联出版。——译者注

③ MANDELSTAM O. ［Take for joy from the palms of my hands］//Selected poems. New York：Farrar，Straus，and Giroux，1975：67.

④ 威廉·莫里斯（1834—1896），英国画家、美术设计家、手工艺人、诗人和社会改革家，工艺美术运动的发起者，19 世纪英国最伟大的文化巨匠之一。——译者注

后来，我在大学里选修了一门课，要学好这门课，我必须把一些知识的漏洞补上，其中就包括中古英语（Middle English）[①] 知识。当我发现上文中那句我当时很喜爱的箴言的出处时，你可以想象我有多么惊愕！——它出自一部名为《每个人》（*Everyman*）的中世纪戏剧作。剧中，名叫"每个人"的主人公并不是在乡间惬意地散步，而是在前往坟墓的途中！"每个人"的朋友们都抛弃了他，包括一个名叫"友谊"（Fellowship）的朋友。"友谊"听说有个地方有一种烈性酒，于是就离开"每个人"，去寻找这种酒去了。唯一对"每个人"忠诚的朋友叫"善行"（Good Deeds），但"善行"过于弱小，无法保证"每个人"不受自己行为后果的惩罚。不过，"善行"有个姐姐，名叫"知识"（Knowledge），"知识"主动提出要做"每个人"通往坟墓的向导，于是就说了上文中的那句箴言。

我此时才意识到，我与父亲的这套旧丛书的关系并没有我原先认为的那么温馨。鉴于我刚刚才弄清楚丛书衬页上那句箴言的出处，那个前拉斐尔派（Pre-Raphaelite）[②] 绘画风格的女子以及她手里的三个果子看起来很不吉利：那会儿我已读过罗伯特·格雷夫斯（Robert Graves）[③] 的《白色女神》（*The White Goddess*）[④]，所以我看得出画上的果实是献给死者的食物。

---

① 中古英语，约1100—1500年通行于英格兰的口头和书面语言，承接古英语和现代英语。——译者注

② 前拉斐尔派，英国19世纪一种绘画流派，其作品被认为具有拉斐尔以前的意大利绘画风格，鼓励绘画忠于自然，效法拉斐尔时代以前的意大利艺术家。——译者注

③ 罗伯特·格雷夫斯（1895—1985），英国作家、学者。一生写了120余本著作，其中包括他知识内容丰富且引起争论的神话学方面的研究著作《白色女神》。——译者注

④ GRAVES R. The white goddess：a historical grammar of poetic myth. London：Faber and Faber，1952.

时至今日，我对多年前这套丛书的编辑们，以及他们所选的图案和那句箴言仍然惊奇不已。他们究竟认为《傲慢与偏见》和《仙女莫普萨》（*Mopsa the Fairy*）在我悠闲走向火葬场的途中会给我怎样的帮助呢？不过，想来也是，我们不过是一同前往死亡的火车上的旅客，这列火车是单程的，所以你不妨读点有意思的东西，还要带点餐食——这一定是丛书衬页画上水果的原因。

本章的标题“与逝者协商”是基于这一假设：不是部分，而是所有的叙事性写作（甚或所有的写作），其深层动机都是源于对死亡的恐惧和痴迷——作家们都渴望冒险去地府，然后从死者的手里带回某样东西或某个人。

你可能会觉得这个话题有点古怪。的确如此。写作本身就有些古怪。

我的假设源于几件事情。头一件就是达德利·扬的《神圣的起源》（*Origins of the Sacred*）[①] 中的一个漫不经心的句子，大意是说曾经在希腊克里特岛（Crete）上繁盛一时的米诺斯文明留下的文字材料极少，原因可能是米诺斯人不太惧怕死亡——因为写作本身其实是由于害怕死亡而产生的一种反应。尽管在作家的书信和诗歌中随处可见有关名垂青史、身后留名这样的话语，但我一直没怎么思考过“写作本身是对死亡恐惧的一种反应”这一问题；不过，一旦你有了一个想法，有关这个想法的证据就会源源不断地显现出来。

下面是我从书房地板上成堆的书籍中随机找出的几段文字。安-玛丽·麦克唐纳（Ann-Marie MacDonald）[②] 的小说《跪下你的双膝》

---

① YOUNG D. Origins of the sacred: the ecstasies of love and war. New York: St. Martin's Press, 1991.

② 安-玛丽·麦克唐纳（1958—　），加拿大剧作家、长篇小说家、演员、广播记者，他的第一部长篇小说《跪下你的双膝》获得了“英联邦作家奖”（Commonwealth Writers Prize）。——译者注

(*Fall on Your Knees*)[①] 开头写道:"现在,他们都死了。"约翰·温斯洛·欧文(John Winslow Irving)[②] 在他最近的小说《寡居的一年》(*A Widow for One Year*)中写道:"(她哥哥)托马斯(Thomas)和蒂莫西(Timothy)在她出生之前就被杀死了,这是露丝·柯尔(Ruth Cole)成为作家的另一个原因。"[③] 契诃夫也曾写道:

> 当一个忧郁的人独自面对大海或其他在他看来非常宏大的景色时,说不清为什么,心中总会有一种掺杂着忧郁的确信——确信他将默默无闻地死去;于是,他会条件反射般抓起一支铅笔,匆匆地在他伸手可及的东西上写下自己的名字。[④]

还有很多例子可以表明写作与死亡恐惧之间的关联——不一定像拉丁文所说的"对死亡的恐惧令我惶惶不安"(*Timor mortis conturbat me*)[⑤] 那般对死亡的恐惧,但对死亡的关切是毋庸置疑的——昭示着生命的短暂、人生的无常以及死亡的不可避免,与死亡恐惧相伴的是创作的冲动。那么,姑且让我们认为这种关联是存在的,或者至少有足够多的例子供我们做进一步的讨论,然后自问:为什么是写作,而不是其他艺术形式或媒介,与一个人对自己终将死亡这件事的焦虑有如此紧密的联系?

毫无疑问,这种紧密联系部分归因于写作的性质——写作看上去具有恒久性,并且,在书写活动结束后,作品可以一直存在下去,这

① MACDONALD A. Fall on your knees. Toronto: Alfred A. Knopf, 1996: 1.

② 约翰·温斯洛·欧文(1942—),美国小说家,与其小说同名的电影《苹果酒屋法则》(*The Cider House Rules*)获得了奥斯卡最佳编剧奖。——译者注

③ IRVING J. A widow for one year. Toronto: Alfred A. Knopf, 1998: 6.

④ CHEKHOV A, HINGLEY R. Lights//The Oxford Chekhov Volume Ⅳ: Stories 1888—1889. Oxford University Press, 1980: 208.

⑤ "The fear of death unsettles me", from "Lament for the Makaris" by William Dunbar (c. 1465—1513).

一点和其他的艺术形式（如舞蹈表演）不同。如果说书写动作能够记录思维过程，那么这个过程会留下痕迹，就像一长串变成化石的脚印。其他的艺术形式（如绘画、雕塑、音乐等）能长久留存下去，但它们不是以人物声音（*voice*）的形式留存下去的。我说过，写作就是写下来，而写下来的东西就是人物声音的“声谱”；人物声音要做的——即使是在大部分的短抒情诗中——就是讲故事（即使不是长故事，至少也是微型故事）。某件事被慢慢展开、慢慢揭露出来。邪恶的变成了正直的，或者（在时代不变的前提下）可能变得更邪恶；但无论如何，这个故事总会有一个发展脉络——会有开头，会有结局，当然不一定按这个顺序，但无论你如何讲这个故事，它总有一个情节。人物声音会穿越时间，从一个事件到另一个事件，或从一个想法到另一个想法，然后事物就会发生变化——不管是在人的脑海中，还是在外部世界里。事件会发生，并牵扯到其他事件。这就是时间。时间就是糟糕的事情接连发生，而时间在句子里的关键词是“后来”。

叙事（或讲故事），即叙述随时间推移接连发生的种种事件。拿起镜子映照大自然，是“照”不出故事来的，除非有一个嘀嗒作响的时钟。正如利昂·埃德尔（Leon Edel）[1] 曾说的：只要是小说，其中必定有一个时钟。[2] 利昂·埃德尔是大作家亨利·詹姆斯的传记作者，而亨利·詹姆斯是历来对时间最敏感的作家之一，因此利昂·埃德尔自然说得有道理。只要有了时钟，就会有死亡和死者，因为我们都知道，时间是永不停息的，但每个人的时间都会用尽，而死者便是用尽了时间、被置于时间之外的人，生者则还沉浸在时间中。

但是，逝者仍存在于生者的心里。纵观历史，没有几个人类社会

---

① 利昂·埃德尔的代表作是他用毕生心血写就的《天才的想象：亨利·詹姆斯传（1953—1972）》。——译者注

② 埃德尔与格雷姆·吉布森（Graeme Gibson）的对话。

认为人死后就彻底消失了。有时会有社会禁忌，不能公开谈及死者，但这并不意味着死者就荡然无存——人们平时越不去谈论一个大家所熟知的事物，它越是深刻地存在着，正如维多利亚时代的人不谈论性爱一样。大部分社会都把逝者的灵魂安排在某个处所，有时甚至是好几个处所（有些社会认为人死后灵魂可以被分为多个部分，或者像埃及人那样认为一个人有多种灵魂，于是，逝者的每部分灵魂或每一种灵魂都必须有自己的归属地）。

人类社会还会发明一些戒律和仪式（今天所谓的“迷信”），以确保逝者和生者各自待在自己的世界里，相安无事，并且只有当生者需要时，阴阳两界的交流才会发生。[①] 逝者不期而归是一件令人毛骨悚然的事情，特别是当逝者因为感觉被怠慢，需求未得到满足，甚至感到愤怒而回归阳间时。哈姆雷特（Hamlet）父亲的亡魂要求道：“记住我！”[②] 这不是逝者第一次对生者发出如此沉重的命令，也不会是最后一次。逝者不请自来，这从来都不是什么好消息，相反，它会令人十分惊恐。被谋杀的克拉伦斯（Clarence）的鬼魂对理查三世（Richard Ⅲ）说：“明天在战场上，别忘了我！”但克拉伦斯对理查三世的对手里士满（Richmond）却这样说：“正义的天神将在战场上保卫你！你将活下去并繁荣昌盛！”[③] 之所以会这样，是因为尽管逝者有负面力量，但他们同样也有护佑人的正面力量，正如灰姑娘死去的母亲给灰姑娘提供舞会礼服和水晶鞋一样。

很多管辖生死两界往来的迷信（或戒律和仪式）都涉及食物，因为人们认为亡灵是饥饿和不满足的。在墨西哥亡灵节这天，人们会用

---

① 关于此话题的更多论述，参见 LÉVI-STRAUSS C，DONIGER W. Mith and meaning. New York：Schocken Books，1995。

② 这是哈姆雷特被谋害的父亲的鬼魂所说的话，见威廉·莎士比亚《哈姆雷特》第一幕第五景。

③ SHAKESPEARE W. Richard Ⅲ，Act V，Scene iii.

盛宴款待亡灵。孩子们会吃头颅状的糖；有趣的锡制骷髅开心地做着生者做的各种事情，比如打扮得漂漂亮亮的，演奏音乐、打牌、跳舞、喝酒；每家每户都会为亡灵准备一顿特别的大餐，都是死者生前最爱吃的饭菜，也许还会为他们准备盆和毛巾，让他们洗洗生者看不见的手。在有的地方，家人会在墓地上把为亡灵准备的饭菜吃掉；在有的地方，人们会在坟墓和自家房子之间，用万寿菊花瓣标示出一条路，以便亡灵能找到他们来赴宴的路，以及宴会散后返回他们阴间住所的路。逝者仍被认为是社区的一员，但他们不是社区的常住居民。即便是至亲的死者，也只是备受尊敬、得到周到照顾和美食招待的客人。作为回馈，逝者应当表现出一个体面客人应有的礼节，并且在宴会结束后及时返回另一个世界。

今天，这样的习俗并没有完全消失，类似的习俗或其遗留部分仍然很普遍。不久前，我和一个希腊人聊及这些问题。他给我描述了一种习俗：在死者的节日这天，人们会做一种圆圆的面包（给死者吃的食物常常是圆的①），并将其拿到祖先的坟前，然后尽可能多地请求陌生人吃一小口这种面包；被你说服而吃面包的人越多，你来年的运气就会越好。也许这些陌生人就是死者的替身，因此，给他们吃这种特殊食物是为了讨好他们，以赢得他们的保佑。② 与此类似，在日本、中国和其他的一些文化里，祖先们必须获得他们应有的那一份——至少是象征性的。如果祖先们觉得被尊敬，他们就会保佑你，否则——最好不要有否则，还是小心为好。

类似的节日还有我们的万圣节。它是基督以前的凯尔特人亡灵夜的遗留节日，现在主要是北美的一个节日。亡灵在异国他乡，而你现在需要保护，所以你就制作了一个刻有鬼脸的、里面放了一盏灯的南

① 如中国人用柑橘供奉死者。

② SEBALD W G，HULSE M. Vertigo. New York：New Directions，2000：64 - 65.

瓜，来作为你家的守门护卫。亡灵化身为戴着面具、穿着奇装异服的小孩——以前小孩们穿的都是鬼、巫和妖的服装，但今天的孩子们也会穿摇滚巨星猫王、超人或米老鼠（我们今天显然也把他们称作了先灵）的服装。孩子们会来敲你家的门，索要糖果，嘴里常常会说“不招待，就使坏!”——这意味着如果先灵得不到吃的，他们就会捉弄你。这个例子再次说明，将食物献给逝者是为了讨好他们，从而给生者带来好运，即便这种好运仅仅是免受鬼灵的搅扰。

20 世纪 70 年代，我们住在安大略省郊外的一幢老房子里。当地人说这个房子闹鬼，而且，当时造访我们房子的有些人确实经历了闹鬼事件。我们请教了一个民俗知识渊博的农妇该怎么办，她告诉我们：“晚上把一些吃的留在屋外，相当于招待他们一顿饭，这样他们就知道你们接纳了他们，就不会来骚扰你们了。”我们当时觉得这有点傻，但还是照做了，而且确实有作用。德国诗人里尔克在他的《献给俄耳甫斯的十四行诗》（*Sonnets to Orpheus*）中以稍微不同的方式表述了这种观念：“不要把面包和牛奶放在餐桌上，因为夜里它们会招来鬼灵。”①

这不禁会让我们对圣诞老人以及圣诞前夜给圣诞老人准备牛奶饼干这一传统多一点思考；你可能特别会联想到意大利西西里岛的习俗。在那里，在万灵节前夜给孩子们送上礼物的，不是穿着红色衣服的圣诞老人，而是他们已逝的祖先。你可能会对此感到惊讶，但这有什么好惊奇的呢？圣诞老人也同样来自另一个世界——尽管我们哄小孩说他来自北极。我们给另一个世界起了各种名字，如天堂、地狱、仙境、阴间，但不管我们怎样称呼它，任何来自另一个世界的人都会给我们带来好运，或至少让我们免受灾祸，不过前提是我们要奉献某

① RILKE R M. 6 [Is he of this world? No, he gets] //YOUNG D. Sonnets to Orpheus, Part I. Hanover, NH: Wesleyan University Press, 1987: 13.

种东西作为回馈——最起码要报以祷告和感恩。

逝者可能还需要些什么呢？他们需要各种各样的东西，主要取决于具体情境。例如，哈姆雷特的父亲想要复仇。这种复仇的愿望并非孤例，在人类第一桩谋杀案①发生后，亚伯的血在地下尖声哭喊，这成了第一例会说话的血，不过不是最后一例。② 目前已知的会说话的其他身体部位包括骨头和头发，在一些民谣和民间传说中有这样的例子，比如广为传唱的民谣《宾诺里的双胞胎姐妹》（*Twa Sisters of Binnorie*）③ 和民间故事《会唱歌的骨头》（*The Singing Bone*）④。“会唱歌的骨头”是一个被谋杀的女孩的腿骨，后来变成了一管长笛。

以法医病理学家或法医为主要人物的现代小说，是这一传统的典型代表，著名的法医角色包括帕特丽夏·康薇尔（Patricia Cornwell）⑤ 的惊悚小说女主角凯·斯卡佩塔（Kay Scarpetta），以及迈克尔·翁达杰的小说《阿尼尔的幽灵》（*Anil's Ghost*）的女主角阿尼尔，等等。这一文学传统之所以经久不衰，是因为这一主题根深蒂固，且与人类渴望正义、有仇必报的人性相符。在翁达杰的小说中，老盲人用他的手指“解读”一个头颅，这是古老情景的再现。这些现象的前提是：如果你懂得如何聆听死者，他们的身体是会讲话的，死者渴望

---

① 《圣经》中，亚当夏娃之子亚伯被哥哥该隐杀死，成了人类历史上第一桩谋杀案。——译者注

② 如格林兄弟《养鹅女孩》（*The Goose Girl*）故事中那三滴会说话的血。COLUM P. The complete grimms' fairy tales. New York：Pantheon，1972：404－411.

③ CHILD F J. The Twa Sisters//The English and Scottish popular ballads. New York：Dover，no copyright date given，vol. I：128.

④ GRIMM B. The singing bone//COLUM P. The complete Grimms' fairy tales：148－150.

⑤ 帕特丽夏·康薇尔（1956—　），以法医凯·斯卡佩塔为女主角的系列流行犯罪小说的作者。——译者注

说话，他们希望我们能坐在他们旁边，倾听他们的悲惨故事。① 死者希望他们的故事被讲述，比如，哈姆雷特在临死前嘱托他的朋友霍雷肖（Horatio）：“且请你忍着痛苦活在这个严酷的世界，/去讲述我的故事吧。”② 死者不想沉默，不想被冷落、被忘却。他们希望我们了解他们。在民谣《宾诺里的双胞胎姐妹》中，当用死去的女孩的头发做成的竖琴或其他乐器用歌声谴责谋杀者时，它唱出了所有死者的心声：“让厄运降临在我虚伪的姐姐埃琳（Ellyn）头上吧！”正如莎士比亚——或者说他笔下的麦克白（Macbeth）——所说的那样：“血债将要血来偿！”③

但是，来自另一个世界的“访客”们的愿望不只是正义和复仇。很多民谣中的幽灵、死去的情人会带着未满的欲望在黎明前出现在你床边——“我的爱人一身白衣出现在我面前”——他们有着性爱的欲望，还想让你跟他们一起走。有时，小说里会有“魔鬼情人”的元素。④ 有时会有灵魂契约的元素——你出卖了你的灵魂，买主来收回它。如果我们要用一个字来概括死者们想要的东西（这个字囊括了生命、牺牲、食物和死亡），那么这个字就是“血”。血通常是死者们最想要的东西，这就是献给死者的食物常常是圆形的、血红色的原因，它们多少有点心脏的形状，有鲜血的颜色——就像珀尔塞福涅（Persephone）⑤ 的石榴的颜色。⑥

---

① 参见匿名民歌《The Streets of Laredo》。

② Hamlet，Act Ⅴ，Scene ii.

③ Macbeth，Act Ⅱ，Scene iv.

④ 例见 BOWEN E. The demon lover//The demon lover and other stories. London：Jonathan Cape，1945。

⑤ 珀尔塞福涅，希腊神话中宙斯（Zeus）与得墨忒耳（Demeter）之女，被冥王哈得斯（Hades）诱拐为妻，成为冥王之后。——译者注

⑥ GLÜCK L. Pomegranate//The house on marshland. Hopewell，NJ：Ecco Press，1971，1975：28. 另见基督教圣餐礼的红色血酒及圆形的圣餐饼。

在荷马史诗《奥德赛》(*Odyssey*)第十一卷中，奥德修斯(Odysseus)进行了必要的献祭，以吸引死者的灵魂：

> 在我完成祷告和对死者世界的召唤后，我在壕沟上方将一只只绵羊的喉咙割开，它们深红色的血流进了沟里。然后，死者的幽灵蜂拥而至……他们在壕沟边来回飘荡，发出了可怕的嚎叫声。我被吓得面无血色。①

这确实够让人大惊失色。奥德修斯坐在壕沟边，手里握着拔出的剑——除非他得到想要的东西，否则他不会让这些幽灵饮绵羊的血，因为他献祭的目的是同这些鬼魂进行协商，谈一桩交易。简而言之，他献祭是为了得到某种回报。

由此看来，死者都喜欢血。动物的血就可以满足他们，但在有些特殊场合，他们要人血。神喜欢的常常也是血，吸血鬼就更不用说了。所以请仔细想想情人节②。我一直都会深入地思考情人节。我曾经有过一个男朋友，有一次他送给我的情人节礼物是一颗真的牛心，中间被一支真的箭穿过；这件礼物被装在一个塑料袋里，以防止鲜血滴溅。你可能已经猜到了——我这位男朋友知道我当时对诗歌很感兴趣。

我接触到的第一首有关"逝者要求"的诗，是加拿大人写的最著名的一首诗——当时我们所有在校的人都必须把它背下来。大家通常不把这首诗当作一首关于"与逝者协商"的诗，而是当作一首虔诚的

---

① HOMER，RIEU E V. The Odyssey，Book Ⅺ. London：Penguin，1991：160.

② 情人节据说源自古罗马的两个节日——牧神节(Lupercalia)和朱诺节(Feast of Juno Februata)，这两个节日的时间都在二月中旬。在古罗马，二月一直被认为是生育力最旺盛的一个月。有一种说法是，在2月14日牧神节这一天，人们会宰羊杀狗，以献祭给母狼(据说是母狼哺育了罗马的创建者，即双胞胎兄弟罗慕路斯和雷穆斯)，并将动物的鲜血涂在年轻人的身上。——译者注

战争纪念诗，所以每年11月11日纪念日[①]这天的上午11点，我们都会朗诵这首诗。我的生日刚好也在11月，所以我以前很不开心，因为在11月过生日，没有多少东西可以装饰在生日蛋糕上面，比如，5月可以在上面装饰鲜花，2月可以装饰爱心。但我发现，从星座上来讲，11月是天蝎座的月份，天蝎座主掌死亡、性爱和再生（不过，这一点对于生日蛋糕的设计并没有多少帮助）。

这三者为什么会在一起？死亡跟性爱和再生有什么关系呢？这个问题很值得好好加一条脚注；实际上，它可以被写成一本完整的书，书的名字可能就是弗雷泽（Frazer）的《金枝》（*The Golden Bough*）。让我们回到我刚才说的那首诗上，它就是加拿大诗人约翰·麦克雷（John McCrae）的《在佛兰德斯战场》（*In Flanders Fields*）：

佛兰德斯田野的罂粟花正开放
在一排又一排的殇者十字架间
——那就是我们的疆场；
空中的云雀依旧勇敢地歌唱、飞翔，
但歌声湮没在了震天的枪炮声中。

我们已经阵亡，可就在几天前，
我们还活着，感受晨曦，欣赏落日，
爱与被爱着……而今，我们已长眠
在佛兰德斯战场。

请替我们逝者继续杀敌作战：
请从我们垂下的手中接过火炬，

① 阵亡将士纪念日（Remembrance Day），加拿大以及英国等某些欧洲国家（包括法国和比利时）在11月11日这天纪念在第一次世界大战和其他战争中牺牲的将士。——译者注

在战场上将它高高举起！
如果你们背弃我们的约定，
我们将无法安眠，纵使罂粟花依旧绽放
在佛兰德斯战场。①

请注意，在这首诗中，生者被嵌在了时间之内——黎明与落日之间，而死者——统称的死者——则被置于时间之外。注意死者提出的要求以及如果要求得不到生者的满足他们将实施的“报复”——我们最好照着死者的要求去做，因为我们不想看到不得安息的死者到处游荡。你可能会认为在这首诗中没有提到食物——尽管罂粟花也是圆圆的、红色的，有点像献给死者的食物——但请注意死者想要的东西。没错，他们想要的东西很传统，就是鲜血——生者的鲜血，或者至少他们要让生者冒着献出鲜血的危险，去完成他们未竟的事业。

这首诗刚面世时，人们都认为它的主题是在第一次世界大战中保持对外敌的战斗热情。而如今，如果这首诗的主题真的只是保持战斗性的话，这首诗可能早就已经过时了；但是，这首诗中有种强有力的东西留存了下来，因为它包含了一种非常古老而强大的模式——逝者提出要求，而生者不能忽视逝者或逝者的要求，最好把二者都认真当回事。

招来逝者，然后隔着门槛（在我们的世界和逝者的世界之间总是有一个门槛）和他们进行交易，这正是宾夕法尼亚州（Pennsylvania）的老谷仓上所画的那些巫符②的原理。当我们招来逝者时，我们总会在我们周围画一个圈，作为我们与逝者的界线；我想这正是坐在壕沟

① MCCRAE J，MD. In Flanders fields and other poems. Toronto：William Briggs，1919：11-12.

② 美国德裔宾夕法尼亚人的一种民间绘画艺术形式，英文名是 hex signs，有些人认为它们具有辟邪的作用。——译者注

边的奥德修斯手里要握着一把剑的原因——在很多的文化传统里，鬼魂都惧怕金属；手里握着剑，至少你能够控制局面。因此，招来鬼魂是一回事，与逝者保持界限是另一回事。当逝者不期而至、不请自来（就像哈姆雷特的父亲，以及已死的情人现身）时，我们知道，只要我们能够撑到天亮，鬼魂通常就会离开。但有一种更加冒险的方式，即生者不在阳间跟逝者进行协商，而是跨界到阴间去。你可以从生者世界，穿越到逝者所在的地下世界，然后再回来，回到生者的世界——但你必须足够幸运才行。在古罗马史诗《埃涅伊德》（*Aeneid*）第六卷中，库麦城的女巫对即将启程去地狱的埃涅阿斯（Aeneas）①这样说道：

> 去地狱很简单，
> 黑暗的死亡国度的大门日夜开放，
> 但要从地狱起身返回阳间——
> 这任务却十分艰难！②

换言之，这是一桩非常有挑战性的交易——你可能有去无回，而且它也是对你勇气和毅力的极大考验。可能正因为如此，在西方文学传统或其他文学传统中，众多的男女主人公都踏上了前往阴间的旅程。这些主人公为什么要这样去做？为什么要冒险？因为在充满危险的逝者世界，他们掌握着一些非常珍贵的东西，其中就有你自己可能渴望得到或需要的东西。

那么，逝者掌握的东西都有些什么呢？我将其归纳为四类：(1) 财富；(2) 知识；(3) 战胜恶魔的运气；(4) 逝去的爱人和至

① 埃涅阿斯：古希腊罗马神话中，女神阿佛洛狄忒和特洛伊王室成员安喀塞斯所生之子，特洛伊战争中的一名英雄，古罗马的建国者。——译者注

② DAY-LEWIS C. The aeneid of virgil, Book Ⅵ. New York: Doubleday, Anchor, 1952: 133, lines 126 - 129. 此处文字作者略有调整。

亲。这个清单并未囊括所有的东西，但它包括了到阴间走一遭的主要目标。当然，你可能同时获得不止一样东西，比如，你可以在得到财富的同时带回逝去的爱人和至亲，或者同时获得知识和战胜恶魔的运气，当然还可以是其他的组合。

对于“财富”，我想提一下虚幻黄金（fairy gold），令人遗憾的是，这种东西常常到第二天早上就会变成煤炭。人们还会给逝者献祭，以祈求丰收，比如《圣经》主祷文（Lord's Prayer）[①] 中的简单祈求：“我们日用的饮食，今日赐给我们。”这则祷文中向另一世界祈求的物质福佑算是非常朴素的了。各种各样的“财富”从那个隐形世界流淌到这个可见世界。在以狩猎为主的社会中，萨满（Shaman）[②]在恍惚之中进入阴间，以寻找目标猎物所在之处，这一仪式基于这样一个信念：逝者主掌捕猎，因此他们能告诉你哪里可以找到驯鹿。[③]死者的世界充满奇迹，一如阿拉丁发现的宝藏库；又像《歌剧魅影》（*The Phantom of the Opera*）中极其古怪的剧院怪人埃里克的住所，丰富而奇异；又像是格林童话故事《十二个跳舞的公主》（*The Twelve Dancing Princesses*）中的地下世界，那里的树上结的不是水果，而是珠宝；还像是另一个冥王式的怪物青须公[④]的宝藏室，对待那里的金银珠宝必须非常小心，因为它们都可能已经被死神触碰过。

---

① 主祷文，《圣经·新约》中耶稣传给门徒的祷告词，基督教礼拜仪式中通用的祈祷词，有两种文本，即《路加福音》第 11 章中的短文本和《马太福音》第 6 章中的长文本，两者都作为祷告的范文。——译者注

② 萨满，通过法术来医治疾病，占卜未知事物或控制事件的人。萨满为人治病，主持社团祭祀，并护送死者的灵魂进入另一个世界。在有萨满存在的文明中，患病往往被看作失掉了灵魂，因此萨满的任务就是进入精神世界，捉拿灵魂，把它重新置入人体内。——译者注

③ 如 Elizabeth Marshall Thomas 关于史前猎人的传说 *Reindeer Moon*（New York：Pocket Books，1991）。

④ 青须公（Bluebeard），欧洲传说故事中的一个邪恶人物，他结了很多次婚，每一次都杀死了他的妻子。——译者注

我提到的逝者掌握的第二类东西是“知识”。因为逝者存在于时间之外，所以他们既知道过去，也知道未来。希伯来先知撒母耳（the prophet Samuel）的鬼魂通过女巫恩多（Witch of Endor）[①] 对扫罗王（King Saul）说道：“陛下为何要把我从阴间召回？”[②] 扫罗王之所以要做这件他自己曾下令禁止做的事，是因为他想知道他的国家在即将到来的战争中是吉是凶（结果证明是凶多吉少）。类似地，奥德修斯之所以请出双性先知提瑞西阿斯（Tiresias）[③] 的鬼魂，就是想获得关于未来的知识；埃涅阿斯在库麦城的女巫的帮助下前往阴间，也是为了知道他的子孙后代们的未来荣耀。（麦克白也想知道他们子孙后代的未来荣耀，但是结果出人意料——通过三个险恶的老女巫，他得知的却是别人的子孙后代的未来荣耀。）

当然，知识和财富是可以被联系起来的——知识可以是如何获得财富的知识。我最早读过的现代短篇小说之一，是 D. H. 劳伦斯的经典小说《木马赢家》（*The Rocking-Horse Winner*），这个故事我一直念念不忘。那是一个很复杂的故事，但与我们讨论的话题有关的故事情节是：一个漂亮的妇人没有财运，她并不真心喜欢自己的小儿子。这个小儿子渴望获得好运，这样他就能够得到她母亲渴望的财富，也许就能得到母亲的爱。他有超人的洞察力，他喜欢在骑木马的时候进入一种恍惚状态，幸运的时候，他的木马可以将他带到“有好运的地方”，他就能够知道接下来的赛马中谁是赢家。小男孩通过这种方式发了财，但他仍然没有得到母亲的爱。“有好运的地方”也是逝者所

① 女巫恩多：在希伯来《圣经·旧约》的“撒母耳书”中，女巫恩多有一个护身符，应以色列扫罗王的要求，她借助这个护身符，将刚刚死去的先知撒母耳的鬼魂从阴间召回。——译者注

② 《撒母耳记·上》第二十八章第 15 节。

③ 提瑞西阿斯：希腊神话中，因看智慧女神洗澡而双目失明的、懂鸟语的底比斯卜卦者。——译者注

在的地方，这一点在故事的结尾变得很清晰：小男孩又一次来到“有好运的地方”，但是这一次他再也回不去了——他死了。这样的命运永远都有可能降临在冒险去另一个世界的人头上。①

我提到的逝者掌握的第三类东西是“战胜恶魔的运气”。对于萨满女巫来说，她们常常要和鬼魂战斗——如果你赢了，鬼魂就会变成你的朋友，而如果你输了，你就会被鬼魂控制。与鬼魂的斗争还可以是为了争夺对丰收的控制权。② 在很多进入文学领域的神话中，神话故事的情节可以归结为一个英雄对抗一两个魔鬼。略举几例：忒修斯（Theseus）③ 与被关在迷宫里的弥诺陶洛斯（Minotaur）之间的斗争；贝奥武夫（Beowulf）④ 在黑色的山中小湖与巨妖格伦德尔（Grendel）的母亲的斗争；托尔金（Tolkien）的《霍比特人》（*The Hobbit*）中比尔博·巴金斯（Bilbo Baggins）在地下进行的猜谜竞赛；《指环王》（*Lord of the Rings*）中的甘道夫（Gandalf）和地狱炎魔巴龙格（Balrog）之间的较量；基督在周五受难日到周日复活日这三天之内，下到地狱，与魔鬼撒旦进行公然对抗，拯救出了一群好人（在基督降临地狱之前，还没有救世主曾经救赎过他们）。

我提到的逝者掌握的第四类东西是“逝去的爱人和至亲”。寻求逝去的爱人，是激励作家不断写作的重要主题之一。最初逝去的爱人可

---

① 见厄休拉·勒奎恩（Ursula K. LeGuin）的《地海巫师》（*A Wizard of Earthsea*）一书中的“异界”（Other-Worldly arrangements）（New York：Bantam，1984）。

② 见 MOWAT F. People of the deer. Toronto：Bantam，1984，另见 GINZBURG C，TEDESCHI A，TEDESCHI J. The night battles：witchcraft and agrarian cults in the sixteenth and seventeenth centuries. Baltimore，MD：Johns Hopkins University Press，1992。

③ 忒修斯，希腊神话中的一个雅典王，他杀死了牛头人身怪物弥诺陶洛斯，娶了亚马逊女王。——译者注

④ 贝奥武夫，英雄史诗《贝奥武夫》的主人公。他是一位斯堪的纳维亚英雄，年轻时因杀死了一个叫格伦德尔的巨妖及其母亲而成名，后来成为老国王，又杀死了一条龙，但不久自己也去世，受人尊敬和哀悼。——译者注

能是男人，比如古埃及女神伊西丝的丈夫欧西里斯被人杀害后，尸体被肢解，掷到埃及全国各地，伊西丝将其尸骨一一拾回，使丈夫复活。

希腊女神得墨忒耳也上演了使逝者复活的壮举。得墨忒耳的女儿珀尔塞福涅被冥王哈得斯诱拐而去，得墨忒耳有非常重要的谈判筹码——她是掌管农业的女神，所以她下令：在她的女儿复活之前，一切作物都不能结出果实。哈得斯同意将珀尔塞福涅交还给得墨忒耳，但前提是珀尔塞福涅在冥界没有吃过任何东西。很不幸的是，珀尔塞福涅吃了七颗石榴籽——石榴是圆圆的、红红的逝者食物之一。禁止吃逝者的食物，这是一个非常古老的禁忌。美索不达米亚时期有一首诗，写的是女神伊娜娜（Inanna）① 的地狱之旅②：

> 他们会给你舀来河水，
> 切不可饮那死亡之水。
> 他们会从逝者的田里摘粮予你，
> 切不可食那死亡之籽。

在伊娜娜、其丈夫杜木茨（Dumuzi）以及姐姐盖斯蒂娜娜（Geshtinanna）的故事中，生者和逝者之间最后达成了一个折中的协议。珀尔塞福涅的故事与此相似，最后达成的协商结果是：珀尔塞福涅在一年中部分时间待在冥界，部分时间待在人间，这就是我们现在有冬天的缘故。

音乐家兼诗人俄耳甫斯去阴间寻找他逝去的妻子欧里狄克（Eurydice），成功地与冥界的统治者们进行了协商：他们被他的歌声迷住了，于是他们同意他将欧里狄克带回阳间，但条件是在他带妻子返回阳间的过程中不能看她一眼。但俄耳甫斯违背了这一条件，于是欧里

---

① 伊娜娜，晚期苏美尔的神话中备受敬重的女神之一，据说她是造物女神纳姆（Nammu）的孙女，具有强大的判断和决策力，控制着天地律法。——译者注

② “Inanna’s journey to hell,” Poems of heaven and hell from ancient Mesopotamia：145.

狄克又飘回到了黑暗的地狱之墙中。所以，你既不能吃逝者的食物，也不能过分质疑逝者允许你带回家的“礼物”。

到逝者的世界去，将去了那个世界的人带回生者世界——这是人类的深切愿望，但也被认为是很大的禁忌。而写作可以使某种生命复活。豪尔赫·路易斯·博尔赫斯在他的《但丁九篇》(*Nine Dantesque Essays*)① 中提出了一个有趣的理论：整部《神曲》(*Divine Comedy*)的三个部分——《地狱篇》(*Inferno*)、《炼狱篇》(*Purgatorio*) 和《天堂篇》(*Paradiso*) ——构成了宏大而又错综复杂的结构，但丁通过这样的结构，得以瞥见他曾迷恋的、已经死去的比阿特丽斯 (Beatrice) 一面，使比阿特丽斯在他的这首诗中复活。正是因为他写了比阿特丽斯，也仅仅因为他写了比阿特丽斯，比阿特丽斯才得以复活——在作者和读者的心里复活。正如博尔赫斯所说：

> 我们必须记住一个无可争议的事实、一个非常朴素的事实：《神曲》中的情景都是由但丁想象出来的。对于我们而言，里面的情景读来非常真实，但对但丁来说却没那么真实。(对于但丁来说，事实就是，先是因为人生机缘、而后因为比阿特丽斯的死亡，但丁始终都没有得到她。) 因为永远都无法进入比阿特丽斯的世界，但丁感到孤独，也许还感到屈辱，于是但丁想象出了《神曲》中的情景，想象他和比阿特丽斯在一起的情景。②

---

① BORGES J L，WEINBERGER E. Nine Dantesque essays 1945—1951//The total library：non-fiction 1922—1986. London：Allen Lane，Penguin Press，1999：267-305.

② 同①304。很多作家都借由写作唤回某个失去的人。在加拿大作家中，近期的三个例子是：GIBSON G. Gentlemen death. Toronto：McClelland and Stewart，1995；COHEN M. Last seen. Toronto：Vintage，1996；WIEBE R. Where is the voice coming From? //WEAVER R，ATWOOD M. The Oxford book of Canadian short stories in English. Toronto：Oxford University Press Canada，1986。

博尔赫斯接着评论了“比阿特丽斯微笑的转瞬即逝”和“她的面容的永久消失”。这个故事与俄耳甫斯的故事何其相似！——诗人仅仅凭借他的诗，进入死者的领域，穿越地狱，到达极乐世界，再次找到他挚爱的人，结果却再一次失去了她，而且这一次是永远的失去。正如黛朵（Dido）[①] 离开了埃涅阿斯、欧里狄克离开了俄耳甫斯一样，比阿特丽斯也离开了但丁。虽然比阿特丽斯带但丁去见了上帝，虽然她很幸福，但对但丁来说，最重要的事实是她永远消失了！尽管他再次得到了她，但又再次失去。《神曲·天堂篇》的结局看似美满，但如果我们仔细审视之，却并非如此。

而且，所有的书中的美满结局，如果你仔细想想，也是同样的道理。托马斯·沃尔夫（Thomas Wolfe）[②] 曾说，你再也回不了家了；但是当你写作时，你就能够在某种程度上回去。但你总会写到最后一页。一本书就像另一个国家，你进去了，最后还得离开——逝者的世界也是一样，你不可能住在那里。

维吉尔（Virgil）通常被认为是第一个完整描述逝者世界的作家。请看摘自维吉尔的《埃涅伊德》（*Aeneid*）第六卷的祷文：

> 你们这些统治灵魂之国的神！沉默的阴魂！
> 混乱，还有地狱火河！永夜世界庞大的无声联盟！
> 请允许我向人间讲述我在这里所听到的！如蒙应允，
> 我将向人间揭示深藏在地下世界的黑暗中的一切！[③]

---

① 黛朵，罗马神话中迦太基的建国者和女王。——译者注

② 托马斯·沃尔夫（1900—1938），美国作家，以第一部小说《天使望乡》一举成名，38 岁时因结核病去世。——译者注

③ DAY-LEWIS. Aeneid//Book VI：137，lines 264 - 268.

“请允许我向人间讲述……”“我将向人间揭示……”[1] ——这是一个作家的祈祷，你几乎会认为维吉尔自己去过地狱。这也许就是但丁将维吉尔选作他在《神曲·地狱篇》中的向导的原因——在访问一个陌生之地时，我们最好和一个曾经去过那里的人同行。这一点在你访问地狱时尤其重要，因为这个向导也许还知道如何设法把你从地狱弄出来。

里尔克在他的《献给俄耳甫斯的十四行诗》中把地狱旅行当作了成为诗人的先决条件——是诗人，就必须到地狱走一遭。在里尔克看来，诗人能将死者世界拥有的知识带回生者世界，将这些知识告知我们读者，使我们受益——俄耳甫斯就是这种诗人的典范。在《献给俄耳甫斯的十四行诗》的第一部分第六首诗中，里尔克这样描写诗人俄耳甫斯：“他只属于这个世界吗？不！他宽大的性情得益于阴阳两个世界！”在第一部分第九首诗中，里尔克更深入地表述了这一点：

你必须曾经置身于阴魂中间，
在那里调过你的琴弦，
才能获得足够的视野，
学会如何写出永恒的诗篇。

你必须和死者同坐同吃，
同享他们的罂粟，
才能拥有足够的记忆，
写出最精致的诗句。

诗人的世界必须是阴阳两重的，

① 伊塔洛·卡尔维诺（Italo Calvino）曾谈到，萨满巫师式的角色是作家的功能之一。见 CREAGH P. Six memos for the next millennium. Cambridge，MA：Harvard University Press，1988。

唯有如此，他的声音才能
高雅而永恒。①

这首诗里的诗人不仅访问了死者世界，还参与其中。他具有双重属性，因此不仅能吃死者的食物，还能返回人间，讲述他的故事。

我在上文提到，维吉尔通常被认为是第一个“访问”死者世界的作家——他用自己的想象访问了死者世界，目的是将他的冥界之旅以及很多他在死者世界听到的故事讲述出来。但丁正是在《地狱篇》而不是《炼狱篇》或《天堂篇》中听到了（地狱居民给他讲述的）最多且最好的故事。想来都让人害怕的是，“地狱”是一个你可能会永远困在个人叙事（personal narrative）里的地方；“天堂”则是一个你可以抛开个人叙事，从而吸收智慧的地方。

现在我想介绍一个更加古老的、作为地下世界冒险家的作家原型——美索不达米亚英雄吉尔伽美什（Gilgamesh）。因为以吉尔伽美什作为主人公的英雄史诗直到19世纪才被破解出来，所以吉尔伽美什几乎不可能直接影响到维吉尔或但丁；吉尔伽美什也因此能作为检验达德利·扬关于写作冲动与死亡恐惧关联的论点的更好的例子。

在故事的第一部分，半人半神的吉尔伽美什国王一心想的主要是名留青史。吉尔伽美什有一个同伴，是一个被驯化了的野人，名叫恩奇杜（Enkidu）。他们两人一起完成了一系列英雄壮举，但是他们得罪了女神伊师塔（Ishtar）（事后他们才得知伊师塔是掌管生殖和死亡的女神），所以恩奇杜必须得死。吉尔伽美什不得不下到极其险恶的地狱，那里的鬼魂只能吃泥土，用霉臭的鸟毛蔽体。

吉尔伽美什极其痛苦——他无法让恩奇杜复活，而且他也开始惧

① RILKE. 9 [You have to have been among the shades] //Sonnets to Orpheus, Part I：19.

怕死亡。于是他开始去寻找一个长生不老的人，向他请教永生的秘诀。他一路上经过荒野，穿过黑山林，经过一个树上结满珠宝的花园，渡过死亡之水，最后找到了那个名叫乌纳皮施汀（Utnapishtim）的长生不死的人。乌纳皮施汀给他讲述了大洪水的故事，然后将永生的秘诀传授于他，谁知他却把这个秘诀弄丢了，于是他只好千里迢迢返回他的王国。吉尔伽美什这次旅行的结果是："他变得睿智了，他见证了种种神秘事物，知道了很多不为人知的事情，给我们带回了大洪水之前的时代的故事。在漫长的旅行之后，他精疲力竭地回来了，并将整个故事刻在了一块石头上。"①

在前不久的一个作家聚会晚宴上，我讲述了这个故事。"吉尔伽美什是第一个作家。"我说，"他渴望得知生与死的秘密，于是去了地狱，然后又返回人间。但他并没有获得永生，只得到了两个故事——一个是关于他的地狱之旅，另一个是他意外获得的关于大洪水的故事。所以，他从地狱带回的只是两个故事而已。他非常非常疲倦，然后他将整件事刻在了一块石头上。"

"是啊，就是这么回事儿。"作家们说，"你去了，得到了故事，精疲力竭，回来后，你将故事刻在石头上。或者当你将这个故事改到第六稿时，你就想将这个故事刻在石头上。"

"去哪儿?"我问他们。

"去有故事的地方啊。"他们答道。

故事在哪里呢?故事在黑暗中。这就是为什么人们认为灵感会像闪光一样闪现的缘故。进入到故事之中——进入到故事的叙事过程中——是一条黑暗之路，你看不见前方的路。诗人们也知道这一点，他们也在黑暗之路上旅行。灵感的源泉是一口井，井洞一直通往地

① SANDARS N K. The epic of Gilgamesh. London：Penguin，1960，1972：177.

底下。

写作风格极其阴暗的 D. H. 劳伦斯（D. H. Lawrence）在他的诗《巴伐利亚龙胆花》（*Bavarian Gentians*）中写道："请递一朵龙胆花给我——不，请递一束龙胆花给我！让我用这束龙胆花的蓝色火焰指引我自己 / 沿着那越来越漆黑的阶梯往下走，直到颜色由蓝变黑 / 甚至到达珀尔塞福涅去的地方……"[①] 我们不禁要问：诗人劳伦斯为什么要沿着那漆黑的阶梯往下走呢？他在这首诗中并没有回答这一问题，但我想那不是因为他想去死，而是因为他是诗人，所以他必须往下走，以帮助他写诗。就像里尔克所说的，他必须涉足阴阳两重世界。

死者世界掌握着秘密——有着"橱柜里的骷髅"和任何其他你想获得的"骷髅"[②]。死者世界还掌握着故事——很多的故事。正如诗人格温多琳·麦克尤恩所说："那下面总有一些你想被告知的秘密。"[③] 在艾德丽安·里奇（Adrienne Rich）[④] 的诗《潜入沉船》（*Diving Into the Wreck*）中，处在满身珠光宝气的死者中间的游泳者——像先知提瑞西阿斯一样的双性人——也有着相似的动机：

> 有一把梯子。
> 这梯子一直在那里……
> 我们知道这梯子的用途，

---

① LAWRENCE D H. Bavarian Gentians//The Norton anthology of modern poetry：372.

② 英语谚语"skeleton in the closet"比喻见不得人的秘密，骷髅的意象与死者世界相契合。——译者注

③ MACEWEN G. Dark pines under water//Gwendolyn MacEwen：the early years. Toronto：Exile Editions，1993：156.

④ 艾德丽安·里奇（1929—2012），美国诗人、学者、评论家，曾两次获得美国国家图书奖，其中一次是因为他的诗集《潜入沉船》（1973）。——译者注

因为我们曾使用过……
我沿着梯子下去。

我潜下去探索沉船。
文字是意图。
文字是地图。
我去看着船的损毁程度
以及比较值钱的宝物……

……我潜下去寻找的东西——
是沉船而不是沉船的故事，
是事物本身而不是事物之谜。[①]

加拿大魁北克诗人安娜·埃贝尔（Anne Hébert）也写过一首惊心动魄的诗，名为《帝王的陵墓》（*The Tomb of Kings*）。诗中，一个睡梦中的女婴——“刚出生不久，一脸讶异”——向下来到一个陵墓中，穿过一个地下迷宫，她的一个拳头上托着她自己的心脏，那心脏是盲猎鹰形状的。在那里，她发现了死去的国王们，也发现了他们的故事——那是“几个耐心编织的悲剧故事”，如今已变成镶着珠宝的艺术品。女婴和国王们进行了一场交易：在一个吸血仪式上，死者们饮了女婴的血，并试图杀死她；她挣开死者，脱身逃跑。不管发生了什么，结果是她的盲猎鹰形状的心脏开始恢复视力。[②]

在这首诗中，死者得到了血——我在前文说过，死者被认为是饥渴的。作为交换，诗人获得了卓越的洞察力，完成了他诗人的身份。这是一个古老的模式。

---

① RICH A. Diving into the wreck//Diving into the wreck. New York：Norton，1973.

② HÉBERT A. The tomb of the kings//SCOTT F. Dialogue sur la traduction. Montreal：Editions HMH，1970.

所有的作家都从死者那里学习。只要你还在写作一天，你就得不停地学习前辈作家的作品，而且你会感觉人们一直在以前辈的作品作为标杆来评判和批评你的作品。但你不仅要向其他作家学习，还可以向以各种形式存在的死者们学习，因为死者掌握着过去，掌握着故事，还掌握着某些种类的真理——威尔弗雷德·欧文（Wilfred Owen）[①] 在他的以地狱之旅为题材的诗《不可思议的聚会》（*Strange Meeting*）中所谓的“未被言说的真理”（truth untold）。[②] 所以，如果你打算投入到故事写作中，你迟早都得和来自过往时间的人打交道。即使这个“过往时间”只是昨天，它也不再是“现在”，不再是你写作的“现在”。

所有作家都必须从“现在”去到“从前”，从“这里”去到“那里”，都必须下降至故事存在的地方，都必须小心翼翼，以防被“过去”逮住，再也动弹不得。所有作家都必须从死者那里“偷”东西，或者说“回收旧物”——说法取决于你看这件事的角度。死者可能保管着宝藏，但这些宝藏必须被带回人间，使其再次进入到时间里——进入到观众、读者的世界，进入到变化发展中的世界，否则它们便毫无价值。

我们可以进而详细地谈论那些隐性的事物：我们可以谈论神灵启示，或谈论阴魂附体与梦境，或谈论符咒与巫术——所有这一切都与源远流长的诗人传统联系在一起；然后，我们可以进一步谈论（很多人都已经谈论过的）作家的萨满巫师式角色——当然这可能只是一个比喻，但就算它只是个比喻，那也是一个长久以来对作家有着重要意

---

① 威尔弗雷德·欧文（1893—1918），英国诗人。1915 年入伍，参加战争，1917 年 1 月以后所写的诗充满了对战争的残酷和浪费的愤怒，以及对战争牺牲者的怜悯。停战前一星期阵亡，年仅 25 岁。——译者注

② OWEN W，DAY-LEWIS C. Strange meeting//Collected poems of Wilfred Owen. New York：New Directions，1963.

义的比喻。

谈论这些话题很容易让人感到阴郁，或觉得是在故弄玄虚，但我想引用一个真正的学者的话，来表达我对本讲座论文集的敬意和重视。这段引文摘自意大利社会历史学家卡洛·金兹伯格（Carlo Ginzburg）的书《狂喜：解密巫魔夜宴》（*Ecstasies*：*Deciphering the Witches' Sabbath*）：

> 毫无疑问的是……后来被融入巫魔夜宴（Witches' Sabbath）[①] 中的神话之间，具有深刻的相似性——它们都有一个共同的主题：进入另一世界，然后返回。这一基本的叙事内核已经伴随人类数千年。这类故事在狩猎文化社会、畜牧文化社会和农业社会这些迥异的社会中有着无数的变体和版本，但它们的基本结构并未发生改变。这一故事结构为何经久不变？答案也许非常简单。讲故事意味着叙事者在此时此地权威地讲述，而这种“权威”则来源于叙事者曾经（真正或象征性地）置身彼时彼处。我们不仅参与了可见的生者世界，也参与了不可见的死者世界，于是我们发现了一个人类所独有的特征。我们在此所分析的不是很多故事中的一个故事，而是所有可能的故事的共同模型。[②]

正如很多优秀的叙事者所说，死者世界易去难回，于是回来的人都必定会将故事刻在石头上。如果叙事者足够幸运——如果有合适的读者刚好来到了这个石头旁边的话，石头就会开始讲故事，它会一直留存于世，将故事娓娓道来。

---

① 巫魔夜宴，又译“巫师安息日”，是巫师、法师和魔鬼为庆祝宗教仪式和狂欢而举行的午夜集会。——译者注

② GINZBURG C. Ecstacies：deciphering the witches' sabbath. NewYork：Penguin，1991：307.

最后，我想引用古罗马诗人奥维德（Ovid）[1] 的诗句来作为本章的结语。奥维德笔下的库麦城的女巫不仅为她自己说话，（我们猜）可能也在为奥维德说话，同时也道出了所有其他作家的愿望和命运：

> 但命运之神仍会让我的声音留存下来，
> 通过我的声音，我的名字将被人所知。[2]

---

① 奥维德（公元前 43—公元 17 年），古罗马诗人，罗马骑士阶级成员，做过小官，但不久就放弃仕途，致力于诗歌创作，他的《变形记》（*Metamorphoses*）是集神话传说之大成者，叙述了各种变形的故事。——译者注

② OVID. Metamorphoses，Mary Innes (trans.). London：Penguin，1955：315.

“创意写作书系”介绍

这是国内首次系统引进国外创意写作成果的丛书，它为读者提供了一把通往作家之路的钥匙，帮助读者克服写作障碍，学习写作技巧，规划写作生涯。从开始写，到写得更好，你都可以使用这套书。

“创意写作书系”丛书书目

非虚构类写作指导		
书名	作者	出版日期
自我与面具：回忆录写作的艺术	玛丽·卡尔	2017 年 10 月
新闻写作的艺术	纳维德·萨利赫	2017 年 6 月
回忆录写作（第二版）	朱迪思·巴林顿	2014 年 6 月
写作法宝：非虚构写作指南	威廉·津瑟	2013 年 9 月
写出心灵深处的故事——非虚构创作指南	李华	2014 年 1 月
★故事技巧——叙事性非虚构文学写作指南	杰克·哈特	2012 年 7 月
★开始写吧！——非虚构文学创作	雪莉·艾利斯	2011 年 1 月
虚构类写作指导		
小说的艺术：给青年作者的写作指导	约翰·加德纳	2019 年 10 月
超级结构：解锁故事能量的钥匙	詹姆斯·斯科特·贝尔	2019 年 6 月
人物与视角：小说创作的要素	奥森·斯科特·卡德	2019 年 3 月
从生活到小说（第三版）	罗宾·赫姆利	2018 年 1 月
小说写作：叙事技巧指南（第九版）	珍妮特·伯罗薇等	2017 年 10 月
★成为小说家	约翰·加德纳	2016 年 11 月
小说创作谈	大卫·姚斯	2016 年 11 月
如何创作炫人耳目的对话	詹姆斯·斯科特·贝尔	2016 年 11 月
小说创作技能拓展	陈鸣	2016 年 4 月
故事力学：掌握故事创作的内在动力	拉里·布鲁克斯	2016 年 3 月
写小说的艺术	安德鲁·考恩	2015 年 10 月
弗雷的小说写作坊：让劲爆小说飞起来	詹姆斯·N. 弗雷	2015 年 7 月
弗雷的小说写作坊：劲爆小说秘境游走	詹姆斯·N. 弗雷	2015 年 7 月
经典情节 20 种（第二版）	罗纳德·B. 托比亚斯	2015 年 4 月
故事工程——掌握成功写作的六大核心技能	拉里·布鲁克斯	2014 年 6 月
★冲突与悬念——小说创作的要素	詹姆斯·斯科特·贝尔	2014 年 6 月
情节与人物——找到伟大小说的平衡点	杰夫·格尔克	2014 年 6 月
★经典人物原型 45 种——创造独特角色的神话模型（第三版）	维多利亚·林恩·施密特	2014 年 6 月
★30 天写小说	克里斯·巴蒂	2013 年 5 月

★情节！情节！——通过人物、悬念与冲突赋予故事生命力	诺亚·卢克曼	2012 年 7 月
★开始写吧！——虚构文学创作	雪莉·艾利斯	2011 年 1 月
★小说写作教程——虚构文学速成全攻略	杰里·克利弗	2011 年 1 月
综合类写作指导		
与逝者协商——布克奖得主玛格丽特·阿特伍德谈写作	玛格丽特·阿特伍德	2019 年 10 月
童书写作指南	玛丽·科尔	2018 年 7 月
心灵旷野：活出作家人生	纳塔莉·戈德堡	2018 年 1 月
来稿恕难录用：为什么你总是被退稿	杰西卡·佩奇·莫雷尔	2018 年 1 月
大学创意写作·应用写作篇	葛红兵 许道军 主编	2017 年 10 月
大学创意写作·文学写作篇	葛红兵 许道军 主编	2017 年 4 月
从创意到畅销书：修改与自我编辑	詹姆斯·斯科特·贝尔	2016 年 1 月
写作是什么：给爱写作的你	克莉·梅杰斯	2015 年 10 月
故事工坊	许道军	2015 年 5 月
写好前五十页	杰夫·格尔克	2015 年 1 月
作家创意手册	杰克·赫弗伦	2015 年 1 月
创意写作教学（实用方法 50 例）	伊莱恩·沃尔克	2014 年 3 月
你的写作教练（第二版）	于尔根·沃尔夫	2014 年 1 月
诗性的寻找——文学作品的创作与欣赏	刁克利	2013 年 10 月
创意写作大师课	于尔根·沃尔夫	2013 年 7 月
★一年通往作家路——提高写作技巧的 12 堂课	苏珊·M. 蒂贝尔吉安	2013 年 5 月
写好前五页——出版人眼中的好作品	诺亚·卢克曼	2013 年 1 月
畅销书写作技巧	德怀特·V. 斯温	2013 年 1 月
成为作家	多萝西娅·布兰德	2011 年 1 月
类型文学写作指导		
开始写吧！——推理小说创作	劳丽·拉姆森	2016 年 7 月
开始写吧！——科幻、奇幻、惊悚小说创作	劳丽·拉姆森	2016 年 1 月
弗雷的小说写作坊：悬疑小说创作指导	詹姆斯·N. 弗雷	2015 年 10 月
网络文学创作原理	王祥	2015 年 4 月
好剧本如何讲故事	罗伯·托宾	2015 年 3 月
写我人生诗	塞琪·科恩	2014 年 10 月
开始写吧！——影视剧本创作	雪莉·艾利斯	2012 年 7 月
青少年写作指导		
北大附中创意写作课	李韧	2019 年 10 月
北大附中说理写作课	李亦辰	2019 年 10 月
奇妙的创意写作：让你的故事和诗飞起来	卡伦·本基	2019 年 3 月
会写作的大脑 1：梵高和面包车（修订版）	邦妮·纽鲍尔	2018 年 7 月
会写作的大脑 2：怪物大碰撞（修订版）	邦妮·纽鲍尔	2018 年 7 月
会写作的大脑 3：33 个我（修订版）	邦妮·纽鲍尔	2018 年 7 月
会写作的大脑 4：亲爱的日记（修订版）	邦妮·纽鲍尔	2018 年 7 月
写作魔法书——让故事飞起来	加尔·卡尔森·莱文	2014 年 6 月

创意写作书系·青少年系列

《会写作的大脑》（套装四册）

作者：【美】邦妮·纽鲍尔 出版时间：2018年6月

《会写作的大脑1·梵高和面包车（修订版）》

这是一本给青少年的创意写作练习册，包括100个趣味写作练习，它将帮助你尽快进入写作，并养成写作习惯。你只需要一支笔和每天十分钟，就可以加入这个写作训练营了。

《会写作的大脑2·怪物大碰撞（修订版）》

本书包含了100个充满创意、异想天开的写作练习，帮助你迅速进入状态，并且坚持写作。你在开始写作时遇到过困难吗？以后不会了！拿起这本书，释放你内心的作家自我吧！

《会写作的大脑3·33个我（修订版）》

在这本书中，你会用各种各样的工具、用各种各样的姿势、在各种各样的地方写作。它将帮助你向内探索，把自己的生活写成故事。

《会写作的大脑4·亲爱的日记（修订版）》

本书是那些需要点燃或者重启写作灵感的人的完美选择。无论何时、何地，只要你翻开这本书，开始动笔跟着练习去写，它都能激发你的创造力，给你的写作过程增加乐趣，并帮助你深入生活、形成自己的创作观。

面包师有办法
把这13种食物或者与食物有关的词语用在故事中。
甘薯
黄瓜
巧克力
冰块
这样开头：
06
下一步

门镜
写一个故事。这样开头：
08
下一步

隐形墨水
1. 找一张空白纸片，覆盖在下面的图形上。
2. 拿一支圆珠笔。不要用中性笔、马克笔或签字笔。
3. 在上面的纸片上慢慢地、用力地、一笔一划地写下一项你要在这个月内完成的写作计划。
4. 把上面的纸片扔掉。
5. 把日历翻到30天后，做好标记，提醒自己翻回这一页。一个月后，按照“下一步”中的指示去做。
18
下一步

闹鬼的城堡
1.
2.
3.
4.
5.
6.
22
下一步

图书在版编目（CIP）数据

与逝者协商：布克奖得主玛格丽特·阿特伍德谈写作/［加］玛格丽特·阿特伍德（Margaret Atwood）著；赵俊海，李成文译．—北京：中国人民大学出版社，2019.10

（创意写作书系）

书名原文：Negotiating with the Dead：A Writer on Writing

ISBN 978-7-300-27494-2

Ⅰ.①与… Ⅱ.①玛… ②赵… ③李… Ⅲ.①文学写作学 Ⅳ.①I04

中国版本图书馆 CIP 数据核字（2019）第 217155 号

创意写作书系

与逝者协商

布克奖得主玛格丽特·阿特伍德谈写作

［加］玛格丽特·阿特伍德（Margaret Atwood） 著

赵俊海 李成文 译

Yu Shizhe Xieshang

出版发行	中国人民大学出版社		
社　　址	北京中关村大街 31 号	**邮政编码**	100080
电　　话	010－62511242（总编室）		010－62511770（质管部）
	010－82501766（邮购部）		010－62514148（门市部）
	010－62515195（发行公司）		010－62515275（盗版举报）
网　　址	http://www.crup.com.cn		
经　　销	新华书店		
印　　刷	北京德富泰印务有限公司		
规　　格	145 mm×210 mm　32 开本	**版　　次**	2019 年 10 月第 1 版
印　　张	6.75 插页 2	**印　　次**	2019 年 10 月第 1 次印刷
字　　数	156 000	**定　　价**	48.00 元